Sicher in unsichtbarer Hand

Maybritt Complojer Daprà

Sicher in unsichtbarer Hand

Geschichten von meiner Suche nach Antworten
oder warum es kein Tabu sein muss,
an Gott zu glauben

Bibliografische Information der Deutschen Nationalbibliothek:
Die Deutsche Nationalbibliothek verzeichnet diese Publikation
in der Deutschen Nationalbibliografie; detaillierte bibliografische
Daten sind im Internet über https://portal.dnb.de/ abrufbar.

© 2022 Maybritt Complojer Daprà
Umschlagfoto: © Maybritt Complojer
Umschlaggestaltung, Satz, Herstellung und Verlag:
BoD – Books on Demand, Norderstedt

ISBN: 978-3-7562-9124-3

Für Elke, die mir vor einigen Jahren
nahegelegt hat, dieses Buch zu schreiben

Inhaltsverzeichnis

Vorwort

Ende Januar 2020 ahnte ich, dass sich etwas anbahnte, was auch für Europa ein Problem darstellen konnte. Ich hatte Silvester 2019 bei Freunden in China verbracht. Ich brauchte eine Auszeit. Zwei Wochen in Yangshuo, einem der schönsten Flecken auf Erden, würden mir guttun, so mein Mann. Also fuhr ich. Wieder zurück erfuhr ich von den Begebenheiten in Wuhan, dem schnellen Ausbreiten eines neuartigen Virus, den dramatischen Szenen in den Krankenhäusern der Stadt. Ich war gut 900 Kilometer davon entfernt gewesen, also konnte ich mich wohl nicht angesteckt haben. Ende Februar kam dann der Startschuss der Pandemie in Italien, dem Land, das zu Beginn der Ausbreitung des Virus SARS-CoV-2 in Europa am meisten betroffen war. Die Szenen in den Krankenhäusern Norditaliens waren ebenso tragisch wie in Wuhan. Ich litt in jener Zeit bereits seit Wochen an einer Bronchitis, die nicht enden wollte. Hatte ich auch Covid-19? Hatte ich es aus China mitgebracht wie andere? Im Flug von Peking nach München konnte ich mich sehr wohl angesteckt haben. War ich mit schuld an der Ausbreitung des Virus in Südtirol, wo ich lebe? Diese Fragen quälten mich über Wochen, denn Tests konnte man zu jener Zeit noch keine machen. Ich begann mich intensiv mit der Ausbreitung des Virus in China zu beschäftigen, zu rechnen, zu überlegen. Wie schlimm würde es werden? Nun waren wir auch in Europa alle mit einer Gefahr konfrontiert, die wir nicht abschätzen konnten. Wir befanden uns nach Jahrzehnten des Friedens und des wirtschaftlichen Wohlstandes in einer umfassenden Krise, deren Konsequenzen noch nicht vorhersehbar waren und die unser bisheriges Leben ins Wanken brachte.

Die Einträge auf Facebook, wo ich seit 2009 Mitglied bin, überschlugen sich, die Beiträge wurden immer drastischer, die Inhalte immer unzuverlässiger. Ich fühlte mich verantwortlich, hier meinen Beitrag zu leisten und mit Daten und Fakten einen Gegenpol zu schaffen, zu beruhigen, zu ermutigen. Die Menschen um mich befanden sich definitiv in einem Schockzustand. Mit der Zeit und der Gewöhnung an die neue Situation beobachtete ich in der Gesellschaft eine interessante Wendung: Tat jeder zu Beginn alles, was helfen konnte, um die Ausbreitung des Virus einzudämmen, begann sich nun Unmut einzuschleichen, das Misstrauen gegen die Politiker, die Wissenschaftler und die Journalisten wuchs. Viele begannen infrage zu stellen, ob es dieses Virus überhaupt gebe und ob es tatsächlich so schlimm sei, die drastischen Maßnahmen zu rechtfertigen. Wiederum wurde Facebook wie auch andere soziale Medien der Ort, wo jeder Dampf abließ, in jegliche Richtung. Es verschlug mir die Sprache. Mir wurde bewusst, wie zerbrechlich unsere Gesellschaft ist, wie gefährlich sie werden konnte und welche Orientierungslosigkeit sich breitmachte. So trat ich wiederum auf Facebook in Aktion und begann, Woche für Woche aus meinem Leben zu berichten. Eines hatte ich zu bieten: den zu zeigen, der mir begegnet war und mein Leben neu gemacht hatte, der Hoffnung, Kraft und Zuversicht geben konnte, wo man selbst am Ende war. Im Oktober begann ich damit und Ende Mai stellte ich den letzten Beitrag dieser Reihe ins Netz.

Als ich die Serie beendet hatte, wurde mir bewusst, dass ich diese Zeilen mit mehr Menschen teilen wollte, und so beschloss ich, die Beiträge zu überarbeiten und zu einem Buch zusammenzufassen. Mögen diese Worte Trost, Stärkung und Licht sein für den Leser, das hoffe und bete ich von Herzen.

1. Auf der Suche

Die verlorene Sicherheit

Im Oktober 2020 wurde ein Treffen mit einer Bekannten der eigentliche Startschuss für meine wöchentlichen Facebook-Einträge. Ich bin keine ausgesprochene »Facebookerin«. Ab und zu postete ich Fotos, da ich sehr gerne fotografiere, oder teilte einige mir wichtige Informationen und Gedanken. Als ich mit jener Bekannten in der Konditorei saß, wurde sie gleich zu Beginn ihren Unmut los: Die Zeit, in der wir uns im Moment befänden, sei wirklich schwierig. Die Pandemie, die extremen Unwetter, die Unsicherheit, all das mache sie verzagt. Ein Wort blieb bei mir hängen: Unsicherheit. Kaum etwas kann uns derart aus der Bahn reißen wie Unsicherheit im Leben, Ungewissheit über unsere Zukunft. Das ist zermürbend. Es wunderte mich nicht, als ich genau in jenen Tagen in einem lokalen Bericht las, dass es in Südtirol einen beachtlichen Anstieg der Anfragen in den psychologischen Diensten gab.[1]

Der Mensch ist an sich resilient. Das heißt, er kann eine Widerstandsfähigkeit gegenüber Krisen entwickeln, die ihm hilft, diese zu ertragen oder zu über-

---

1 Nachzulesen im Artikel der Tagesschau der Rai vom 08.09.2021 https://www.rainews.it/tgr/tagesschau/articoli/2021/09/tag-Mehr-psychologische-Beratung-in-Pandemiezeiten-Pycha-5b2315bb-8033-4741-8913-d25ebaef4b24.html.

winden. Leider ist unsere Gesellschaft nicht mehr wirklich resilient, scheint mir. Wir kippen viel eher, da wir im Verhältnis zu anderen Menschengruppen, die Krieg, Hunger oder Verfolgung erleben, auf Watte gebettet sind. Dies verstärkt dieses Gefühl der Unsicherheit und führt beim einen zur Depression, beim anderen zur Rebellion. Sicherheit ist jedoch eines der Urbedürfnisse des Menschen: die Sicherheit, geliebt zu sein, angenommen zu sein, einen Wert zu haben, eine Identität, einen Arbeitsplatz, Frieden, eine sichere Zukunft ...

Die Verzagtheit meiner Bekannten, die für mich in jenem Moment stellvertretend war für jene vieler anderer, führte mich dazu, wöchentlich auf Facebook darüber zu schreiben, dass es eine Sicherheit gibt, die über das Sichtbare und Greifbare hinausgeht.

Vor dreißig Jahren habe ich eine Entscheidung getroffen: dem Gott der Bibel zu vertrauen. Über diesen Gott handeln die folgenden Artikel, da ich mir sehr wünsche, dass das, was ich dabei gewonnen habe, auch andere erfahren möchten.

Orientierungslos

Warum glaube ich an (den einen) Gott, an einen Schöpfer? Um mein spirituelles Bedürfnis zu stillen? Weil es Teil unserer Kultur ist? Um eine Krücke zu haben in dieser Welt? Nein, nicht mehr, sondern weil es für mich die einzige logische Ursache dessen ist, was ich um mich herum sehe. Im Neuen Testament finden wir einen Brief, den Paulus an die damaligen Christen in Rom geschrieben hat. Ausführlich berichtet er darin über die Frohe Botschaft, das Evangelium von Jesus Christus. Die Art und Weise, wie er schreibt, zeigt, dass er Gottes Existenz absolut als gegeben voraussetzt. So lesen wir: *»Denn sein unsichtbares Wesen, sowohl seine ewige Kraft als auch seine Göttlichkeit, wird seit Erschaffung der Welt in dem Gemachten wahrgenommen und geschaut, damit sie ohne Entschuldigung seien;«* (Brief an die Römer, 1,20; NT; ELB)[*]. Praktisch will er damit sagen, dass die Schöpfung bereits genug Beweis für den Schöpfer ist.

Als Jugendliche hatte ich nur einen vagen und verschwommenen Glauben an Gott. Ich bin in einem Dorf in Südtirol in Italien aufgewachsen und ging im Normalfall sonntags in den katholischen Gottesdienst, obwohl meine Eltern mich nicht religiös erzogen hatten. Meine Großmutter väterlicherseits war die Organistin im Dorf und leitete einen Kinder- und Jugendchor, bei dem ich jahrelang mitsang, bei unzähligen Gottesdiensten und Jugendmessen. So nahm die hiesige Kultur einen nicht unbedeutenden Raum in meinem Leben ein.

Die konkrete Frage nach Gott begann sich bei mir erst in späteren Jahren herauszukristallisieren, als ich mich mit zwanzig Jahren für ein zweijähriges Studium für Innenarchitektur in Florenz befand. Bis dahin kannte ich nur die katholische Religion, nun hatte ich zum ersten Mal Begegnungen mit Menschen anderer

Glaubensrichtungen. Das ließ in mir die Frage nach meinem eigenen Glauben wachsen und ich erkannte, wie nebulös er war – doch, so stellte ich fest, auch jener der anderen. Langsam begann ich die Sinnhaftigkeit eines Glaubens nach dem Motto »Hauptsache, man glaubt irgendetwas« infrage zu stellen. Woran sollte man sich orientieren? Nach längerer Auseinandersetzung mit diesen Gedanken gab es für mich nur noch zwei Auswege: Entweder gab es nichts Übernatürliches, kein höheres Wesen, oder dieses war nicht dort zu finden, wo ich suchte.

So hatte ich tatsächlich eines Tages zu diesem unbekannten Wesen hinausgerufen: »Gott, wenn es dich gibt, musst du mich finden, denn ich finde dich nicht, ansonsten werde ich ein Atheist.« Ich bin dann kein Atheist geworden.

Für viele Menschen ist der Atheismus die einzig vernünftige Einstellung. Vor gut fünfzehn Jahren habe ich in einigen Foren mitgeschrieben. Das war eine faszinierende Zeit für mich. Dort lernte ich unter anderem einen sehr interessanten Menschen kennen, einen überzeugten Atheisten, und durfte tiefe Diskussionen mit ihm führen, er Atheist, ich mittlerweile überzeugter Christ. Er war wohlgemerkt kein oberflächlicher Atheist im Sinne, dass er einfach nicht glaubte, dass es Gott gibt. Im Gegenteil, er hatte sich in eine Almhütte zurückgezogen und Buch um Buch gelesen, sämtliche Philosophen, um zu entscheiden, was er in Zukunft glauben wollte … Und er wurde Atheist. Ich schätzte ihn, da er sich auf eine tiefgehende Suche begeben und dabei eine Entscheidung getroffen hatte. Meine Option des Atheismus wäre eine rein praktische gewesen, nicht aus Überzeugung, sondern weil ich mich in diesem Meer der verschiedensten Religionen nicht mehr orientieren konnte. Zudem war gerade dieser Kuddelmuddel an Glaubenslehren für mich eher ein Indiz dafür, dass es wohl keine übernatürliche Realität gab. Damit stimmte ich mit der Meinung eines guten Teiles meiner Zeitgenossen überein. Wenn es Gott aber nicht gab, dann war der Mensch das höchste existierende Wesen. Damit konnte ich mich nicht abfinden, denn es hätte für mich mehr Fragen aufgeworfen als beantwortet.

Kürzlich hatte ich ein Gespräch über die Existenz Gottes mit unserem Strandliegen-Nachbarn am Meer. Er selbst beteuerte gleich, dass er nicht an einen Gott glaubte, dass alles nur Aberglaube sei. Die sogenannten Wunder seien nur Legenden. Die Grundfrage, die sich dabei stellt, ist meines Erachtens nicht, ob Wunder passieren können, sondern ob es tatsächlich einen Gott und Schöpfer gibt. Alle anderen Fragen erübrigen sich. Wenn es einen allmächtigen, allwissenden und allgegenwärtigen Gott gibt, wie ihn die Bibel beschreibt, dann ist alles, was wir als Wunder bezeichnen, normales Alltagsgeschäft für ihn. Nicht die Möglichkeit, dass Jesus den Sturm stillen, Wasser in Wein verwandeln, Kranke gesund machen, ja sogar Tote ins Leben zurückrufen konnte, war für mich der Stein des Anstoßes, sondern die Vielfalt und Widersprüchlichkeit der verschiedenen Glaubensrichtungen.

Ich schaffte es aber nicht, mich für den Atheismus zu entscheiden. Ich kam nicht damit zurecht, dass die Perfektion dessen, was mich umgab, die Genialität der Natur oder des menschlichen Wesens einfach so entstanden sein sollte. Aus Zufall, ohne Grund, ohne Ziel, ohne eine höhere Intelligenz dahinter. Das ließ mein Verstand nicht zu, aber auch nicht meine Ahnung, ein Empfinden von Ewigkeit und »last but not least«: Ich wollte nicht nach meiner eigenen Meinung leben, was ich für richtig halte, nein, ich wollte wissen, was wirklich ist. Ich war auf der Suche nach Wahrheit.

Sehnsucht nach Wahrheit

Mein Gebet »Gott, wenn es dich gibt, musst du mich finden, denn ich finde dich nicht« war deshalb ein Schrei nach Offenbarung. Ich war zum Schluss gekommen, dass ich mich höchstens für eine Religion oder den Atheismus entscheiden, aber nicht wissen konnte, ob ich mich dann in der Wirklichkeit befinde. Ich war an diesem Punkt überzeugt, dass, wenn es eine höhere Intelligenz gab, die mich gewollt und geschaffen und als Folge auch etwas mit mir vorhatte, diese es mir notgedrungen mitteilen musste. Es zogen noch etliche Monate ins Land, bis jenes entscheidende lebensverändernde Ereignis geschah, das in meinem Leben die große Wende brachte. Es war wohl nicht, was ich erwartet hatte.

Nach abgeschlossenem Studium in Florenz begann ich in einer Einrichtungsfirma in Bozen zu arbeiten.

Ich war zu jener Zeit leidenschaftliche Theaterspielerin. Einer meiner Theaterkollegen eröffnete mir eines Tages, er sei Christ geworden. Hier war jemand, der in einem christlich-katholisch geprägten Land mit Menschen, die sich zum Großteil Christen nannten, behauptete, Christ geworden zu sein. Solch eine Behauptung erwartete ich mir von einem Moslem oder einem Hindu, aber nicht von jemandem, der in Südtirol geboren und aufgewachsen war. Waren wir denn nicht alle von Geburt an Christen? Hinzu kam, dass dieser Bekannte sehr weit entfernt davon war, eine religiöse, konservative, gesetzte Erscheinung zu sein. Im Gegenteil, er war ein Künstler, ein Macher, ein Lebemensch. Ich kam nicht umhin, neugierig zu werden, und bewarf ihn mit allerlei Fragen. Er nahm mich dann an die Hand und führte mich zum Beginn einer außergewöhnlichen und abenteuerlichen Reise.

Diese begann mit einer exotischen Bibelstunde. Mein Theaterkollege erklärte mir mit Begeisterung, dass er begonnen hatte, die Bibel zu lesen. Die Bibel, dieses dicke unbekannte Buch. Die meisten von uns haben es, die wenigsten kennen es. Ich kannte es bis dahin nur von außen, abgesehen von den Geschichten im Religionsunterricht und den Lesungen in der Kirche. Abraham, Moses, König David, Jesus, Josef und Maria, die zwölf Apostel ... Das war's.

Ich musste mir eingestehen, dass ich bei all meiner Suche dieses Buch völlig ignoriert hatte. Ich erfuhr, dass mein Bekannter und seine Frau mit jemandem, der die Bibel sehr gut kannte, bei sich zu Hause regelmäßig darin lasen. Das reizte mich. Das war einen Versuch wert, ich hatte ja nichts zu verlieren. So kam meinerseits die Frage, ob ich da mal dabei sein durfte, mal reinschauen, reinschnuppern, natürlich unverbindlich. Ich wollte nicht in irgendeiner religiösen Gruppe versumpfen und schon gar nicht in einer Sekte. Meine Unabhängigkeit war mir heilig.

2. Das besondere Buch

Begegnung mit dem Buch der Bücher

Da saß ich nun gegenüber einem schmächtigen Schweizer mit Schnurrbart, verschmitzten Augen hinter einer dunklen Hornbrille und einem breiten Grinsen. Oh, Hilfe, was mich da wohl erwarten würde. Ohne lange Einführung schlug er die Bibel auf, das Johannesevangelium: »*Im Anfang war das Wort, und das Wort war bei Gott, und das Wort war Gott. Dieses war im Anfang bei Gott. Alles wurde durch dasselbe, und ohne dasselbe wurde auch nicht eines, das geworden ist. In ihm war Leben, und das Leben war das Licht der Menschen. Und das Licht scheint in der Finsternis, und die Finsternis hat es nicht erfasst ...*« (Kap. 1,1-5; NT; ELB).

Diese Worte schienen mir absolut unerreichbar, unverständlich, fremd und für den Moment nicht hilfreich. Das führte mich schnell zum Gedanken, dass dies wohl mein letztes Abenteuer mit der Bibel gewesen war. Es kam wieder einmal anders. Als besagte Bibelstunde zu Ende war, bedankte ich mich höflich bei dem Schweizer für seine Erläuterungen und wollte mich verabschieden. Da kam seine unerwartete Frage, ob ich mich die Woche darauf wieder mit ihnen zum Bibellesen treffen wollte. Ich hatte gar nicht daran gedacht, dass es nun eine Fortsetzung geben sollte. Nun fragte mich dieser, ob ich wiederkommen wollte. Die Frage erwischte mich unvorbereitet. Nein, wollte ich nicht, wirklich nicht. Alles Mögliche schoss mir durch den Kopf. Was wollte der von mir, warum sollte ich wiederkommen, war er doch ein Sektierer, wollten die mich an etwas binden? Ein lautes Nein bildete sich in meinem Gehirn, mein Mund öffnete sich, und ich sagte zu. Ich weiß bis heute nicht, warum ich damals ja gesagt habe. Aus Verlegenheit, aus Höflichkeit oder weil ich überrumpelt war? Fakt ist, dass ich die Woche drauf wieder dort am Küchentisch saß, zum Bibellesen. Für die Zwischenzeit drückte mir der Schweizer Kassetten in die Hand (es ist eben lange her, ja, es gab noch keine CDs, geschweige denn MP3-Files) mit verschiedenen Vorträgen zur Bibel. Diese nahm ich dankend an, tat ich ja nichts lieber, als beim Autofahren Musik, Reportagen und anderes zu hören. Mein Auto war mein Rückzugsort, der Ort, wo ich nachdachte, sang, weinte, ausflippte. Ich horchte mir einen Vortrag nach dem anderen an, ich konnte gar nicht mehr aufhören. Irgendetwas ließ mich aufhorchen.

Das verpönte Buch

Bis zu meinem 25. Lebensjahr hatte ich nicht einen Blick in die Bibel geworfen. Ein Widerspruch, der mir nicht bewusst war. In meinen Teenagerjahren sah ich die Welt zweigeteilt. Unsere christliche Religion gehörte zum Westen der Halbkugel (damit meine ich die katholische Kirche, alle anderen christlichen Richtungen waren mir nicht wirklich bekannt), der Buddhismus, der Hinduismus, die Esoterik zum Osten. Dabei herrschte ein interessantes Paradox. Es war selbstverständlich, dass der Moslem im Koran las und der Jude in der Thora. Wir hingegen, und ich meine damit die Katholiken, standen der Bibel mit einem gewissen Unbehagen gegenüber. Sich den östlichen Religionen zu öffnen war kein Problem, das war damals in den Achtzigern angesagt. Wer hingegen selbst in der Bibel las, kam in unseren Breitengraden in den Verdacht, einer Sekte anzugehören, denn es war bei uns nicht üblich. Warum war das so?

Ich denke, dass wir hier bis heute unbewusst von der Gegenreformation im 16. Jahrhundert geprägt sind, der Reaktion der katholischen Führung auf die Bewegung der Reformation. Das war der Versuch der römisch-katholischen Kirche, den Protestantismus zurückzudrängen, auch gewaltsam. Es war die Reformation, die begann, die Laien anzuleiten, selbst in der Bibel zu lesen. Diese war bis dahin nur auf Lateinisch oder Griechisch verfügbar, was nur von den oberen Schichten beherrscht wurde. So begannen die Reformatoren, die Bibel in vielen Ländern in die Sprache des Volkes zu übersetzen. Durch die Übersetzung Martin Luthers entstand die Vereinheitlichung der deutschen Hochsprache. Die katholische Kirche hat es im Zuge der Gegenreformation dann den Laien verboten, selbstständig in der Bibel zu lesen, um sich die Deutungshoheit vorzubehalten.

Ich erinnere mich, dass meine Großmutter mir einmal erzählte, dass das Wort »die Luthrischen« – gemeint waren die evangelischen Christen – in ihren jüngeren Jahren ein Schimpfwort war. Sie zeigte mir dann ein Exemplar einer sehr alten Lutherbibel, die sie zu Hause hatte. Ich fragte mich erstaunt, wie dieses »verpönte« Buch bei ihr gelandet war. Sie wusste es auch nicht mehr.

Das Theaterstück »Glaube und Heimat« von Karl Schönherr spricht davon, wie Tiroler Bauern ihre Heimat verlassen mussten, weil sie Protestanten waren. Die Anregung zu diesem Stück war die Vertreibung der Zillertaler Protestanten im Jahr 1837. Das ist ein Abschnitt unserer Tiroler Geschichte, den wir kaum kennen. Schade, denn sie konfrontiert uns mit Menschen, die bereit waren, für ihren biblischen Glauben zu sterben. Diese Bereitschaft spricht davon, dass dieses Buch für sie mehr war als nur ein religiöses Buch, es war ihr Leben. Es wurden viele Tiroler Protestanten hingerichtet und so kam die protestantische Bewegung in Tirol völlig zum Erliegen. Viele verließen ihre Heimat und zerstreuten sich in Europa und darüber hinaus.[2]

Ich war in meiner Jugend selbst der Meinung, ohne je eine Seite dieses Buches gelesen zu haben, dass, wenn Menschen unabhängig von der Kirche in der Bibel lasen, sie in der Gefahr standen, sie falsch auszulegen. Mein Interesse ging aber nicht so weit, den Pfarrer zu fragen, ob er mit mir darin lesen würde. Ich schwamm einfach in der damaligen allgemeinen Meinung mit. Die Sehnsucht nach Wahrheit hatte mich noch nicht ergriffen.

---

2   Siehe auch das Buch von Walter Mauerhofer, »Vertreibung der Zillertaler Inklinanten 1837«, Selbstverlag.

Besteht tatsächlich die Gefahr, die Bibel falsch auszulegen?

Ich würde sagen, sehr wohl. Ich lese dieses Buch nun seit dreißig Jahren, das Alte wie auch das Neue Testament, und kann sagen, es bildet eine Einheit. Es ist ein außergewöhnliches, wunderbares Buch und ich kann wirklich sagen, dass es einzigartig ist und ich nichts Vergleichbares gefunden habe. Wenn man aber Texte oder Verse aus dem Zusammenhang nimmt, dann kann man die schrägsten Lehren darauf aufbauen, so wie es leider schon oft getan wurde und wodurch viel Schlimmes passiert ist. Wenn man dies nicht tut und die Bibel als Ganzes sieht, dann erkennt man die Hauptaussagen, die sich wie ein roter Faden über 1500 Jahre durchziehen.

Ein Buch zum Staunen

Menschlich gesehen wäre ein roter Faden in diesem Buch gar nicht möglich. Die fünf Bücher Mose am Anfang der Bibel sind circa um 1450 bis 1410 v. Chr. entstanden, das letzte Buch, »Die Offenbarung« – geschrieben vom Apostel Johannes –, circa 90 n. Chr. Das ist das Erstaunliche daran. Dieses Buch, das wir Bibel nennen, besteht eigentlich aus 66 Büchern, geschrieben von mindestens vierzig verschiedenen Autoren aus unterschiedlichen Schichten und in unterschiedlichen Zeitperioden. Trotzdem, das kann ich bestätigen, wenn man dieses Buch liest, hat man den

Eindruck, es ist wirklich EIN Buch mit EINEM Ziel. Angesichts dieser Tatsache muss man sich fragen, wie das zustande gekommen ist.

Der Apostel Petrus schreibt: *»Denn niemals wurde eine Weissagung durch den Willen eines Menschen hervorgebracht, sondern von Gott her redeten Menschen, getrieben vom Heiligen Geist.«* (2. Brief des Petrus, 1,21; NT; ELB)

Ich habe immer wieder die Aussage gehört: Das ist doch nur ein von Menschen geschriebenes Buch! Das ist nicht zu leugnen. Menschen und nicht eine Geisterhand haben die Zeilen verfasst, aber der Anlass dazu war, wie es im Alten und Neuen Testament immer wieder deutlich gemacht wird, der Schöpfer selbst. Man kann das prüfen oder es verwerfen, weil man von vorneherein so einen Gedanken nicht zulassen will. Das wäre, wie wenn man eine Schatzkarte, die man gefunden hat, einfach unbeachtet weglegt, ohne versucht zu haben, den Schatz zu suchen.

Was ist nun das Ziel der Bibel? Es besteht darin, dass Menschen sowohl Gott als auch sich selbst erkennen. Wenn man sich fragt, wie man überhaupt wissen kann, ob es Gott gibt, dann braucht man nur die Schöpfung zu betrachten oder den Menschen selbst in der Genialität seines Seins. Wenn man nun wissen möchte, wie dieser Gott ist und warum er uns gemacht hat, dann dient dazu laut dem, was in der Bibel selbst steht, ebendieses Buch: *»Nachdem Gott in vergangenen Zeiten vielfältig und auf vielerlei Weise zu den Vätern geredet hat durch die Propheten* [Altes Testament], *hat er in diesen letzten Tagen zu uns geredet durch den Sohn* [Neues Testament].« (Hebräerbrief, 1,1-2; NT; SCH2000)

Als ich bei meiner Suche nach Wahrheit auf dieses Buch stieß, ahnte ich langsam, dass ich eine Schatzkarte in Händen hielt. Ich wollte verstehen, ob an diesem Buch etwas dran war, ob ich es hier wirklich mit Gott zu tun bekam. Die Vorträge zum Inhalt der Bibel auf den Kassetten, die mir der Schweizer gegeben hatte, ließen mich erkennen, dass die Aussagen darin wirklich erstaunlich waren. Es entstand in mir langsam die Gewissheit, dass diese die Antwort waren auf mein Gebet: Gott, wenn es dich gibt, musst du mich finden.

Eine andersartige Botschaft

Wie konnte ich Gewissheit haben, dass ich eine Gebetserhörung hatte? Das ist nicht einfach zu erklären. Ich hatte keine Vision, keinen nächtlichen Traum, keine Erscheinung, nichts von alledem. Ich wusste aber, dass das, was sich hier mir zu eröffnen begann, anders war als alles, was ich bis dahin gehört oder gelesen oder erlebt hatte.

Bis dahin stand bei allem, was mit Glauben oder Religion zu tun hatte, so wie ich es erfahren hatte, der Mensch im Mittelpunkt, nicht Gott. Es ging immer darum, was ich tun musste, um im religiösen Sinne voranzukommen. So störte mich in meiner Jugendzeit die Tatsache, dass Gott trotz der Gottesdienstbesuche die große Unbekannte blieb, überhaupt nicht. Es ging ja vor allem um das Einhalten der verschiedenen katholischen Riten: die Taufe, die Firmung, der Besuch der Messe, das Feiern von Weihnachten und Ostern und das Einhalten der Fastenzeit. Aus mehr bestand für mich das Christentum damals nicht. Als ich dann wie erwähnt für zwei Jahre in Florenz war, wurde das Thema Religion durch die Auseinandersetzung mit Buddhisten, Zeugen Jehovas und der Hare-Krishna-Bewegung für mich intensiver. Auch hier blieb der Mensch im Mittelpunkt: Die Buddhisten erklärten mir, wie sie tägliche Riten abhielten, den sogenannten Gongyo, um zu ihren Zielen zu gelangen, die Zeugen Jehovas erklärten mir, dass sie zur besten Gesellschaft überhaupt gehörten, da sie versuchten, ein einwandfreies Leben zu leben, die Hare-Krishna-Bewegung präsentierte sich mir als weltfremde Gemeinschaft, wo alles allen gehörte und das Heil durch besagten Lebensstil erreicht wurde. Es ging im Grunde immer darum, dass der Mensch religiöse Handlungen absolvierte und darum, dass, wenn man zu dieser oder jener Gruppierung gehörte, man etwas Besonderes war.

Aus diesem Grunde horchte ich auf: In den Inhalten, mit denen ich nun konfrontiert wurde, ging es nicht mehr in erster Linie darum, was ich tun musste. Es ging nicht um eine Glaubensrichtung, um eine Gemeinschaft oder um irgendwelche Regeln, sondern in erster Linie um den, von dem die Bibel sagt, dass er mich geschaffen hat und dass er mit mir zu tun haben wollte. Das beeindruckte mich, auf dieser Schiene musste ich weiterfahren. Ich erfuhr von einem Gott, dem es um Beziehung geht, der mich geschaffen hatte, um mit mir Gemeinschaft zu haben. Dann ging es darum, was diese Beziehung hinderte und wie diese wieder möglich würde. Das erste Mal hatte ich den Eindruck, dass das, was ich da hörte, göttlich war, logisch, nachvollziehbar, gewaltig, übernatürlich und doch erfassbar. Später erfuhr ich von dem interessanten Abschnitt in der Apostelgeschichte, wo der Apostel Paulus zu den intellektuellen Menschen auf dem Areopag (einem Hügel in Athen und Sitz des obersten Rates) sprach, um ihnen von dem Gott zu erzählen, der ihm begegnet war: »*Der Gott, der die Welt gemacht hat und alles, was darin ist, er, der Herr des Himmels und der Erde, wohnt nicht in Tempeln, die mit Händen gemacht sind, auch wird er nicht von Menschenhänden bedient, als wenn er noch etwas nötig hätte, da er selbst allen Leben und Odem und alles gibt. Und er hat aus einem jede Nation der Menschen gemacht, dass sie auf dem ganzen Erdboden wohnen, wobei er festgesetzte Zeiten und die Grenzen ihrer Wohnung bestimmt hat, dass sie Gott suchen, ob sie ihn vielleicht tastend fühlen und finden möchten, obwohl er ja nicht fern ist von jedem von uns. Denn in ihm leben wir und bewegen uns und sind wir, wie auch einige eurer Dichter gesagt haben: Denn wir sind auch sein Geschlecht.*« (Apostelgeschichte, 17,24-28; NT; ELB)

Ich begann, Gott zu ertasten, und das verschwommene Gottesbild, das ich bis dahin hatte, verschwand. Die Realität Gottes, die mir durch jene Vorträge immer klarer wurde, ließ in mir einen Entschluss reifen: Ich will mich diesem wunderbaren Gott anvertrauen und ich tat es, an einem Abend Anfang Januar 1991, in meinem Auto. Es war mir noch nicht bewusst, dass ich ab diesem Moment beginnen würde, gegen den Strom zu schwimmen. Ich glaubte nun an den, den man schon lange vor die Tür gesetzt hatte.

3. Ist Gott tot?

Ein sinnloser Kreislauf

Wenn man sich umschaut, dann mag man infrage stellen, ob man von der Existenz Gottes ausgehen kann. Bei dem vielen Leid weltweit wird am Ende alles mit dem Tod gekrönt. Genau diese scheinbare Ausweglosigkeit trieb mich an, nicht dort stehen zu bleiben.

Als Jugendliche hatte ich enormen Respekt vor dem Tod. Meine große Frage war: Was kommt danach? Ist mit dem Tod alles aus oder lebt meine Seele weiter, irgendwie, irgendwo? Diese Gedanken holten mich immer wieder ein.

Ein weiteres Unbehagen trieb mich in eine tief empfundene Unruhe und Unzufriedenheit: Ist das alles? Studieren, arbeiten, eventuell heiraten, eine Familie gründen, alt werden, sterben. Das konnte nicht sein. Ich hatte in mir immer eine Ahnung, dass da noch etwas sein musste, aber was? Mein drittes Dilemma war das Bewusstsein, dass es keinen Menschen gibt, der einen durch und durch versteht und erfasst. Jeder von uns, so empfand ich es, ist eine einsame Insel, die sich nach einem wirklichen Gegenüber sehnt, das es aber nicht gibt. Ich verspürte immer wieder eine tiefe Leere, eine schmerzhafte Einsamkeit, die ich mit allem Möglichen zu füllen versuchte, vor allem mit Menschen: abends ausgehen, diskutieren, Kollegen treffen,

Theater spielen, aber allzu oft blieb ich unausgefüllt zurück. Diese existenziellen Auseinandersetzungen mit mir selbst waren der Ansporn für meine Suche nach einem tieferen Sinn im Leben und ungewollt für meine Suche nach Gott.

Sinnlosigkeit, Einsamkeit und die Unausweichlichkeit des Todes: Sind das nicht die Dinge, die uns immer wieder antreiben, etwas Neues anzufangen, etwas Außerordentliches zu erleben oder uns in sozialen Netzwerken zu verlieren? Der eine und andere mag jetzt denken, dass genau Religion, das »Opium des Volkes«, wie Karl Marx sie bezeichnete, die Krücke für viele ist, um diesen Gegebenheiten zu entfliehen. Sollte man sich nicht der Realität stellen, dass es keinen Gott gibt, dass man selbst verantwortlich ist, ein sinnstiftendes Leben zu führen und ein soziales Netz aufzubauen, um den Rückhalt zu haben, den man braucht? Aber was, wenn diese Empfindungen auf etwas hinweisen? Wenn sie Indizien dafür sind, dass es Gott gibt, dass es eine Realität hinter dem Sichtbaren gibt? Wenn der innere Schrei nach mehr Leben aufzeigt, dass das Sichtbare nicht reicht, nicht das Ziel ist? Der Kirchenvater Augustinus hat den Satz geprägt: »Unruhig ist unser Herz, bis es Ruhe findet in dir«, und damit Gott gemeint. Jesus hat einmal ein Angebot in diese Richtung gemacht: *»Kommt her zu mir alle, die ihr mühselig und beladen seid, so will ich euch erquicken! Nehmt auf euch mein Joch und lernt von mir, denn ich bin sanftmütig und von Herzen demütig; so werdet ihr Ruhe finden für eure Seelen!«* (Matthäusevangelium, 11,28-29; NT; SCH2000)

Das Leben hier ist im Grunde unfair. Seines Glückes Schmied zu sein ist für viele keine Option, da ihnen die nötigen Voraussetzungen fehlen. Nicht jeder hat das Vorrecht, in einer Demokratie geboren zu sein, in einem kriegsfreien Gebiet, in einem weniger korrupten Land. Viele haben es nicht erlebt, in einer gesunden Familie aufgewachsen zu sein, in einer liebevollen Atmosphäre oder in einer unterstützenden Umgebung. Wenn es keinen heiligen und liebenden Gott gibt, so wie ihn die Bibel beschreibt, dann gibt es insofern auch keine allgemeingültigen moralischen Gesetze, keinen tieferen Sinn im Leben, keine wirkliche Gerechtigkeit.

Ende Dezember 2020 wurde die 42-jährige Äthiopierin Agito Ideo Gudeta im Trentino, der Provinz südlich von Südtirol, ermordet. Was für eine tapfere, intelligente und kreative Frau war sie doch. Sie hatte ihr Leben auf eine außergewöhnliche Art und Weise in die Hand genommen und schier Unmögliches gemeistert. Sie floh aus Äthiopien vor dem sicheren Mord durch die damalige Regierung, da sie sich aktiv gegen das »land grabbing« einsetzte, die illegale Aneignung von Landflächen durch das Militär. Im Trentino, im Fersental, das für sie Heimat geworden war, begann sie den Aufbau einer autochthonen Ziegenzucht sowie einer Käserei. Sie eröffnete sogar ein Geschäft in Trient, der Provinzhauptstadt, um die eigenen Produkte zu verkaufen, trotz rassistischer und sexistischer Angriffe. Ein hartes Leben, wunderbare Erfolge und dann – tot, ermordet durch die Hand ihres Mitarbeiters. Ein sinnloser, gemeiner, bösartiger Mord an dieser außergewöhnlichen Frau.[3]

Kein Einzelschicksal und das Ergebnis einer Gesellschaft, die vielfach nicht gerecht ist und den Nächsten nicht liebt. Unter solchen Umständen ist es nicht wirklich möglich, seines Glückes Schmied zu sein. Man versucht dem Sog nach unten zu entfliehen, baut etwas auf und hat nicht die Gewissheit, dass nicht ein anderer oder man selbst alles wieder zerstört. Es schließt sich der Kreis, und man steht wieder am Anfang: Sinnlosigkeit, Einsamkeit, Tod … Außer es gibt doch einen Gott da draußen.

Zu fanatisch?

Nach meiner Umkehr zu Gott wuchs in mir in den darauffolgenden Wochen das Anliegen, über meine Erkenntnis und über die Bibel zu sprechen. Ich war nicht zu bremsen und überfiel sämtliche Verwandte und Freunde damit. Das war natürlich meinerseits nicht sehr weise. Naturgemäß stieß ich auf Kopfschütteln, besorgte Mienen und mitleidiges Lächeln. Was war in sie gefahren? Meine Mutter war überzeugt, ich sei in eine Sekte geraten, meine Freunde wussten nicht so recht, wie sie auf meine Äußerungen reagieren sollten. Gott war unter uns nie wirklich ein Thema gewesen. Ich hätte damals wohl gleich reagiert wie meine Leute.

---

3   Siehe den Artikel der neuen Südtiroler Tageszeitung, »Der Fall Gudeta«, https://www.tageszeitung.it/2021/01/02/der-fall-gudeta/.

Auch wenn ich heute nicht mehr wie ein Elefant im Porzellanladen vorgehe, ist es mir ein brennendes Anliegen geblieben, das, was ich erkennen durfte, weiterzugeben – den Gott der Bibel zu vermitteln. Dieses Thema ist ohne Zweifel unzeitgemäß. Eines ist es, über christliche Bräuche und über christliche Kultur zu sprechen, aber ganz etwas anderes über Gott selbst, da gelangt das Hören bei so manchem bald an seine Grenzen.

Warum ist das so? Ich habe den Eindruck, dass viele im Grunde über gewisse religiöse Riten nicht hinausgehen wollen. Alles, was darüber hinausgeht, wird als fanatisch bezeichnet. Das kann ich verstehen, ist es meines Erachtens doch die Konsequenz der vorherrschenden Philosophie, in der wir leben: des Relativismus. Ein Hauptmerkmal davon ist, dass diese Denkrichtung behauptet, dass es nichts Absolutes gibt, keine absolute Ideologie, keine absolute Wahrheit. Deshalb ist man heute skeptisch gegenüber allem, was sich »Wahrheit« nennt, was von »dem Gott« spricht oder von »dem Weg«. Es IST wichtig, vorsichtig zu sein, zu prüfen, da wir von unzähligen Informationen, Bewegungen, Theorien überflutet werden, aber es wäre schade, wenn wir das Kind mit dem Bade ausschütten. Die Philosophie ist vom Menschen geprägt. Wenn man sich etwas mit der westlichen Philosophiegeschichte auseinandergesetzt hat, dann weiß man, dass die Philosophie der letzten Jahrhunderte unter anderem einen Schwerpunkt hat: die Loslösung von Gott (Aufklärung, Moderne). Das beweist aber nicht, dass es keinen Gott gibt, sondern es ist vielmehr die Entscheidung des Menschen, dass man mit Gott nichts mehr zu tun haben möchte. Man will keinen Gott nötig haben, um zu wissen, was richtig und falsch ist oder wie man sein Leben zu leben hat. Der Mensch hat sich selbst in den Mittelpunkt gestellt und Gott für tot erklärt.

Ein anderer Grund, warum viele Bedenken haben, sich auf Gott einzulassen, so habe ich festgestellt, ist die Angst, dass, wenn man sich auf Gott wirklich einlässt, einem zu viel abverlangt werden könnte, ein streng religiöses Leben zu führen, das man gar nicht leben möchte. Man will schließlich das Leben genießen und kein Mönchsdasein führen. So wird es vorgezogen, Gott selbst einfach auszublenden.

Ich lebe nun seit all diesen Jahren mit dem Gott, der sich in der Bibel offenbart hat, und bin immer noch überzeugt, dass es ihn gibt und dass ich die Wirklichkeit gefunden habe. Es war nicht nur ein jugendlicher Spleen von mir. Ich lebe kein Leben, gespickt mit tausend Regeln. Im Gegenteil: Ich erlebe Tag um Tag die Freude, die Stärkung, die Liebe Gottes und die Zuversicht der Vergebung, die ich in Jesus bekommen habe. Ich lebe nicht in einer Religion, sondern in einer Liebesbeziehung mit Gott. Gott ist nicht tot.

4. Wer ist dieser Mensch?

Der Messias

Es war die Person Jesus, die für mich der Schlüssel wurde, Gott zu erfassen. Wer war dieser Jesus? Er ist auf alle Fälle in die Geschichte eingegangen, das kann niemand leugnen.

Es gibt viele Meinungen und verschiedene Ansichten über ihn, ob es ihn gab oder ob er nur eine legendäre Persönlichkeit war, obwohl seine Existenz geschichtlich belegt ist. Ausschlaggebend ist wohl, was wir in der Bibel über ihn erfahren.

Wir wissen, dass Jesus einen zweiten Namen trägt: Christus, was »der Gesalbte« bedeutet, auf Hebräisch »der Messias«. Dieser Messias hatte eine wichtige Aufgabe zu erfüllen.

Die Juden zur Zeit Jesu kannten die Schriften des Alten Testaments gut und wussten, dass eines Tages der Messias auftreten würde. Selbst eine Frau aus Samaria erwartete den Messias, obwohl die Samariter ein Mischvolk aus Juden und Nichtjuden waren. Jesus begegnete ihr an einem Brunnen, als sie Wasser holen ging, und begann ein Gespräch mit ihr. Als er ihr zu erkennen gab, dass er wusste, wie sie in der Vergangenheit gelebt hatte, obwohl sie sich nie zuvor begegnet waren, sagte sie: »*Herr, ich sehe, dass du ein Prophet bist*«, und später: »*Ich weiß, dass der Messias kommt, der Christus genannt wird; wenn jener kommt, wird er uns alles verkündigen.*« Darauf erwiderte Jesus: »*Ich bin es, der mit dir redet.*« (Johannesevangelium 4,19.25-26; NT; ELB)

Auch ein Pharisäer mit Namen Nikodemus, ein Oberster der Juden, wollte wissen, wer dieser Jesus war. Er kannte das Alte Testament sehr gut und wusste, dass darin immer wieder erwähnt wurde, dass eines Tages ein besonderer Mensch auftreten würde mit einer wichtigen Aufgabe. Er würde vom Stamm Juda sein – einer der zwölf Stämme Israels –, ein Nachkomme des Königs Davids sein, geboren werden in Bethlehem von einer Jungfrau, Menschen heilen und von Gott reden. Nikodemus war klar, dass sich hier nun vor seinen Augen etwas abspielte, was diese Prophezeiungen erfüllte. So kam er eines Nachts zu ihm. Womöglich wollte er sich nicht am Tag mit Jesus sehen lassen, da dieser unter den Pharisäern, den damaligen Schriftgelehrten, ja nicht sehr angesehen war.

Nun begann dieser Jesus dem Nikodemus zu bestätigen, dass seine Annahme stimmte, dass er derjenige war, der kommen sollte, der im Alten Testament angekündigte Messias, so wie zum Beispiel der Prophet Jesaja geschrieben hatte: »*Der Geist des Herrn, HERRN, ist auf mir; denn der HERR hat mich gesalbt. Er hat mich gesandt, den Elenden frohe Botschaft zu bringen, zu verbinden, die gebrochenen Herzens sind, Freilassung auszurufen den Gefangenen und Öffnung des Kerkers den Gebundenen, auszurufen das Gnadenjahr des Herrn ...*« (Jesaja, 61,1-2; AT; ELB)

Genau diese Stelle las Jesus einmal vor, als er in

seiner Heimatstadt Nazareth war. Als er wie gewohnt am Sabbat in die Synagoge, das Bethaus der Juden, ging, stand er auf, um aus dem Alten Testament vorzulesen. Er öffnete die Rolle des Propheten Jesaja (es gab damals keine Bücher, sondern Buchrollen), las die oben genannte Stelle und sprach: »*Heute ist diese Schrift vor euren Ohren erfüllt.*« (Lukasevangelium, 4,21; NT; ELB)

Damit gab er sich 700 Jahre nach der Aussage des Propheten Jesaja offiziell als Messias zu erkennen.

Im Alten Testament wurden Könige, Propheten und Priester gesalbt als Zeichen ihrer Amtseinsetzung. Der angekündigte Messias wurde so bezeichnet, da er von Gott eingesetzt und gesandt wurde, um »den Elenden frohe Botschaft zu bringen«.

Als Johannes der Täufer bereits im Gefängnis war, bekam er Zweifel, ob Jesus wirklich der Messias war. Er selbst hatte ihn als solchen der Volksmenge vorgestellt. Er schickte seine Jünger mit dieser Frage zu Jesus und diese bekamen von ihm folgende Antwort: »*Geht hin und verkündet Johannes, was ihr hört und seht: ‚Blinde werden sehend, und Lahme gehen, Aussätzige werden gereinigt, und Taube hören, und Tote werden auferweckt, und Armen wird gute Botschaft verkündigt.‘*« (Matthäusevangelium, 11,4.5; NT; ELB)

Das war genau das, was Jesus landauf und landab tat. Er predigte die gute Botschaft vom Reich Gottes, heilte Krankheiten und erweckte sogar bereits gestorbene Menschen zum Leben. Damit zitierte Jesus wiederum den Propheten Jesaja und bestätigte Johannes, dass er sich nicht geirrt hatte.

Diese gute Botschaft bekam auch Nikodemus verkündigt durch den im Alten Testament verheißenen Messias, der nun vor ihm stand: »*Denn so sehr hat Gott die Welt geliebt, dass er seinen eingeborenen Sohn gab, damit jeder, der an ihn glaubt, nicht verloren geht, sondern ewiges Leben hat.*« Und darauf: »*Denn Gott hat seinen Sohn nicht in die Welt gesandt, damit er die Welt richte, sondern damit die Welt durch ihn gerettet werde. Wer an ihn glaubt, wird nicht gerichtet ...*« (Johannesevangelium 3,16-18a; NT; SCH2000)

Warum Jesus?

Als Jesus diese Worte zu Nikodemus sprach, gab er somit dem Nikodemus auch Einblick in seine Identität. Wer war denn dieser angekündigte Messias? Ein Mensch? Ein vom Himmel beauftragter Prophet, ein Sprachrohr Gottes wie die Propheten des Alten Testaments? Oder war er ein Engel? Jesus bezeichnete sich selbst (auch wenn er hier in der dritten Person von sich sprach) als Sohn Gottes. Was meinte er damit? Die Juden wussten genau, was er damit meinte, wenn er von sich selbst als Sohn Gottes sprach. Er gab damit zu verstehen, dass er selbst Gott war. Das war dann schlussendlich auch der Hauptanklagepunkt der damaligen religiösen Führerschaft, der Schriftgelehrten, Pharisäer und Hohepriester gegen Jesus: Dieser nennt sich Sohn Gottes, er macht sich selbst zu Gott (nach-zulesen im Matthäusevangelium, Kap. 26,63-65, NT). Somit schafften sie es auch, Jesus ans Kreuz zu bringen und das Volk zu überzeugen, der Kreuzigung zuzu-stimmen. Sie beschuldigten ihn der Gotteslästerung, des Schlimmsten, was ein Jude tun konnte.

Als ich begann, mich mit der Bibel auseinanderzu-setzen, wurde mir bewusst, dass ich mit Jesus nicht wirklich etwas anfangen konnte. Er war diese Person, die zwischen Gott und den Menschen stand, aber wer oder was er war, das war für mich überhaupt nicht klar. Mit der Zeit verstand ich, dass dieser Jesus der Angelpunkt der gesamten Bibel war. Die Schreiber des Alten Testaments wiesen durch die Jahrhunderte hin-durch immer wieder darauf hin, dass eines Tages ein Nachfahre aus dem Stamm Juda auf der Weltbühne erscheinen werde, um sein Volk zu erretten. Über 200 Prophezeiungen sprechen von dieser Person, über den Geburtsort, den Wohnort, sein Leben, sein Leiden, die Art, wie er umkommen würde, seine Auferstehung und darüber, dass er als Herrscher wieder auf die Erde zurückkehren würde. Auch das Neue Testament dreht sich um Jesus: Nahezu ein Drittel besteht aus den Bio-grafien über ihn, anschließend finden wir den Bericht über die Ausbreitung der Frohen Botschaft Jesu bis nach Europa, Briefe an die Nachfolger Jesu, die erläu-tern, was es bedeutet, mit Gott bzw. Jesus zu leben, und abschließend die Offenbarung, eine prophetische Schrift über die Zukunft, in der Jesus wiederum eine zentrale Rolle spielen wird.

Kurz vor seinem Tod sprach Jesus einmal mit seinen Jüngern darüber, dass er sie bald verlassen und zum Vater zurückkehren würde. Als einer der Jünger ihn bat, er solle ihnen doch den Vater zeigen, antwortete er: »*So lange Zeit bin ich bei euch, und du hast mich noch nicht erkannt, Philippus? Wer mich gesehen hat, der hat den Vater gesehen.*« (Johannesevangelium, 14,9; NT; SCH2000)

Welch ein Aha-Erlebnis auch für mich. In Jesus war Gott sichtbar und greifbar geworden, denn Jesus ist Gott, so wie Paulus im Brief an die Kolosser schreibt: »*Er ist das Bild des unsichtbaren Gottes ...*« (Kolosserbrief 1,15; NT; ELB)

Darum Jesus, weil er der Mensch gewordene Gott ist, der in die Welt gekommen ist, »damit jeder, der an ihn glaubt, nicht verloren geht, sondern ewiges Leben hat.« (Johannesevangelium, 3,16; NT; SCH2000)

Wir leben hier zum Teil noch in einer christlichen Kultur, aber glauben wir noch, dass Gott Mensch geworden ist und hier auf der Erde für einen Zeitraum als Mensch gelebt hat? Dass er in Raum und Zeit eingetreten ist und dass alles, was Jesus gesagt und getan hat, Gottes Reden und Handeln war? Seien wir ehrlich, erscheint vielen von uns das nicht nur noch als eine Legende, die in unsere Zeit einfach nicht mehr hineinpasst? Es ist klar, wenn Jesus einfach nur ein Mensch war, der eine neue Religion gestiftet hat oder eine neue Philosophie wie Mohammed, Buddha oder Zarathustra, dann hat die Bibel uns nicht wirklich etwas zu sagen. Dann ist sie nur ein religiöses Buch unter vielen, das man ernst nehmen kann oder auch nicht. Für viele, auch hier in unserer Region, hat sie nur noch diesen Stellenwert. Meine Einstellung dazu hatte sich damals (bis heute) drastisch verändert und ich glaube und bin überzeugt, dass Jesus wirklich der ist, der er behauptet hat zu sein. Wenn man sich nicht selbst mit der Bibel auseinandersetzt, sie in die Hand nimmt, sie beginnt mit offenem Herzen zu lesen und versucht unvoreingenommen zu sein, dann geht man leider an diesem grandiosen Schatz vorbei. Dann wird man auch nicht wirklich hören, was Jesus einem jeden von uns zu sagen hat.

5. Die Zielverfehlung

»Hamartia«

Mit meiner Umkehr zu Gott drückte ich sozusagen auf den »Reset«-Knopf und fing nochmals von vorne an. Ja, wirklich, genau so war es, denn mir war bewusst geworden, dass ich bis dahin am eigentlichen Leben vorbeigelebt hatte. Warum? Weil Gott uns geschaffen hat, um mit ihm Gemeinschaft zu haben, und das hatte ich wahrlich nicht. Ich lebte ausschließlich für mich und weiter konnte ich gar nicht sehen. Als ich das verstanden hatte, erkannte ich, dass es genau das war, was mir fehlte, und ich zitiere nochmals Augustinus: »Unruhig ist unser Herz, bis es Ruhe findet in dir.« Hier begann ich das größere Design zu verstehen. Leben hatte eben mit mehr zu tun als mit Essen und Trinken, Kaufen und Verkaufen, Familie und Beruf. Leben bedeutet, MIT Gott zu leben, eins sein mit ihm. Für immer. Diese Erkenntnis und die Entscheidung, zu Gott umzukehren, bereitete meiner langjährigen Suche ein Ende.

Warum ist das erstrebenswert? Viele in unseren Breitengraden vermissen nicht viel. Bis vor Kurzem zumindest, denn die SARS-CoV-2-Pandemie hat so einiges durcheinandergebracht.

Unser Leben war bis vor der Pandemie recht angenehm: vorhandene Arbeit, ein Dach über dem Kopf, womöglich eine Familie, ein Auto, Hobbys. Warum also Gott? Weil wir in Wirklichkeit auch in guten Zeiten nicht zufrieden, nicht erfüllt, nicht wirklich glücklich sind. Burn-out, Depression, Familienstreit, Missbrauch, Scheidung, Selbstmord: Fast jeder von uns kennt jemanden, der solches erlebt hat, ist selbst ein Betroffener oder ein Angehöriger. Das ist die Realität, die sich leider oft hinter den Kulissen abspielt. Es gibt keine heile Welt, wir haben nichts im Griff. Das merken wir nun, wo ein kleiner Virus den ganzen Globus aus dem Gleichgewicht gebracht hat, zumindest in unseren Augen. Deshalb Gott! Wir brauchen ihn, weil wir fern von ihm nicht erleben werden, wie liebevoll er sich kümmert, wie er bewahrt und wie er führt, weil wir ohne ihn nicht glücklich und erfüllt sein können, weil wir ohne ihn nicht zu unserer Bestimmung finden! Er sucht uns, und er lässt sich finden. »*Ja, ihr werdet mich suchen und finden, wenn ihr von ganzem Herzen nach mir verlangen werdet.*« (Jeremia, 29,13; AT; SCH2000)

In meinem Prozess der Auseinandersetzung mit Gott wurde mir bewusst, dass es ein Problem zwischen ihm und mir gab. Ich verstand, dass einiges in meinem Leben nicht in Ordnung war.

Ich muss nun ausholen. Was war noch mal die Botschaft, die mein und das Leben Millionen anderer Menschen durch die Jahrhunderte hindurch verändert hat? »*Denn so sehr hat Gott die Welt geliebt, dass er seinen eingeborenen Sohn gab, damit jeder, der an ihn glaubt, nicht verloren geht, sondern ewiges Leben hat.*« (Johannesevangelium, 3,16; NT; SCH2000)

Gott wurde Mensch, das haben wir erörtert. Er wurde Mensch aus Fleisch und Blut, um einen Auftrag auszuführen. Diesen Auftrag beschreibt der Apostel Paulus ausführlich in jenem Brief, den er an die Christen, die in Rom lebten, schrieb. Im Kapitel 3,23 lesen wir: »*Denn alle haben gesündigt und die Herrlichkeit Gottes verloren. Doch werden sie allein durch Gnade ohne eigene Leistung gerecht gesprochen, und zwar aufgrund der Erlösung, die durch Jesus Christus geschehen ist.*« (Römerbrief; NT; NeÜ)

Der Sohn Gottes war Mensch geworden, um den Menschen zu erlösen. Das war die Frohe Botschaft des Messias. Das haben etliche von uns schon oft in der Kirche gehört, dass Christus für unsere Sünden gestorben ist. Aber was heißt das? Was ist Sünde? Wovon hat er uns erlöst? Diese Themen sind mittlerweile weit in die Ferne gerückt, aber es lohnt sich, sie anzuschauen.

Das griechische Wort für Sünde, das Wort, das also im Urtext des Neuen Testaments verwendet wird, ist »hamartia«. Dieses griechische Wort bedeutet ursprünglich »Verfehlung des Ziels«. Im Neuen Testament meint es die Verfehlung des Menschen gegenüber Gott.

Das war für mich verständlich, mein Leben ohne Gott war eine glatte Zielverfehlung. Ich lebte für die falschen Ziele und suchte das Leben, wo es nicht zu finden war, und genau das erzeugte in mir immer wieder eine tiefe Leere und Einsamkeit. Was mir als Erfüllung schien, erwies sich später oft als Fata Morgana.

Den Traummann oder die Traumfrau finden, den Traumjob erstreben, die Traumfamilie gründen, die Traumreise planen. Hat man diese Dinge erreicht, falls man sie je erreicht, dann kommt oft das bittere Erwachen: Sie geben nicht die Erfüllung, die man sich erwartet hat. Irgendwann stumpft man ab und begnügt sich mit dem Leben, so wie es ist, oder verlässt alles und fängt neu an, wobei man gern einen Scherbenhaufen hinterlässt ohne Garantie, dass das »zweite Leben« besser wird.

Die Erkenntnis der Bedeutung des Wortes »Sünde« beleuchtete für mich die Situation des Menschen vor Gott: *»Denn alle haben gesündigt und die Herrlichkeit Gottes verloren.«*

Laut Bibel hatte der Mensch etwas, was er dann verloren hat. Im ersten Buch der Bibel erfährt man, dass der Mensch so lebte, wie Gott das für ihn gedacht hatte: in Gemeinschaft mit ihm. Dann gab er dem Menschen ein einziges Verbot und er missachtete es. Wir kennen alle diese Geschichte, für die meisten von uns ein nettes Märchen, aber was sagt dieser Text aus?

Stellen wir uns vor, ein Vater oder eine Mutter geben dem jungen Spross ein klares Verbot.

Der junge Mensch überlegt, ob für ihn dieses Verbot nun angebracht ist oder nicht, und wenn nicht, entscheidet er sich dagegen und macht sich von den Eltern unabhängig. »Ich weiß es besser, ich kann für mich selbst entscheiden, ich brauche nicht die Bevormundung meiner Eltern.«

Das ist passiert. Der Mensch hat sich von Gott unabhängig gemacht (daher das Wort »gottlos«, losgelöst von Gott) und sich dem anvertraut, der mit List zu ihm gesagt hat: »*Hat Gott wirklich gesagt ...?*« (1. Mose, 3,1; AT; ELB)

Es gibt eine Macht in dieser Welt, die uns einredet, dass es Gott nicht gibt oder dass er es nicht gut mit uns meint. In der Bibel hat er mehrere Namen: Satan, Luzifer, der Drache, die alte Schlange. Hier wird der eine oder andere definitiv abspringen. Über Gott kann man noch diskutieren, aber über den Teufel? Das Mittelalter ist vorbei, ein für alle Mal. Stimmt, so wie Gott kein alter Herr mit langem weißem Bart ist, ist der Teufel kein bockähnliches Geschöpf, halb Tier – halb Mensch.

Wenn wir darauf einsteigen wollen, dass es eine unsichtbare Welt gibt, dann müssen wir auch damit rechnen, dass diese komplexer ist, als wir annehmen. Die Bibel spricht davon, dass es neben Gott in der für uns unsichtbaren Welt noch zwei andere Gruppen gibt: Engel und gefallene Engel. Das sind Geistwesen, Geschöpfe, ebenfalls von Gott geschaffen wie der Mensch. Wir lesen, dass die Engel Gott dienen und seinen Willen ausführen, während die gefallenen Engel, auch Dämonen genannt, in Rebellion zu Gott getreten sind. Der mächtigste Dämon ist Satan, der sich seit Jahrtausenden einbildet, Gott übertrumpfen zu können. So versucht er alles, um die Macht an sich zu reißen und jeden Menschen von Gott fernzuhalten. Einer seiner besten Schachzüge ist es, die Menschen glauben zu machen, dass es ihn, Satan, nicht gibt.

Der Bruch

So hat also der Mensch die Gemeinschaft mit Gott gebrochen und damit seinen Willen, seine Zuneigung, seine Fürsorge, seine Bewahrung und seine Führung nicht mehr für notwendig erachtet. Welch eine Fehlentscheidung! Durch das ganze Alte Testament hindurch kann man dann die weitere Geschichte des Menschen und seines vielfältigen Versagens nachlesen. Anstatt Gerechtigkeit und Güte herrschten Chaos und Bosheit. Einen Großteil des Alten Testaments nimmt die Geschichte Israels ein, und das ist sehr interessant. Warum sollte uns dieses Volk interessieren? Es hat insofern mit uns zu tun, als Gott dieses Volk ins Leben gerufen hat, damit wir dadurch das menschliche Wesen, also uns selbst, besser verstehen können.

Die Geschichte dieses Volkes zeigt uns aber auch vieles darüber, wie Gott ist. Das Volk Israel erlebte immense Wunder und Führungen Gottes, und doch lehnte es ihn immer wieder ab. Es machte sich unabhängig von Gott, es erhob sich gegen ihn, es dachte, es besser zu wissen als er. Gott aber hat sein Volk nie aufgegeben, sondern es geliebt und mit grenzenloser Gnade behandelt. Trotzdem bleibt Israels ständiges Versagen im Alten Testament vorherrschend. Das steht aber nicht deshalb geschrieben, damit wir uns über dieses Volk erheben können – wie es leider schon so oft passiert ist –, sondern um uns einen Spiegel vorzuhalten. Auch wir tun uns schwer, Gott zu vertrauen oder auf ihn zu hören. Viele von uns haben das Wort

»Gott« schon längst aus ihrem Wortschatz gestrichen und leben nach ihrem eigenen Gutdünken. Ich kann aber nicht anders, als zu urteilen, dass die Welt, in der ich lebe, zu einem größeren Teil vom Bösen als vom Guten beherrscht ist.

Das wäre doch unser aller Ziel: eine Gesellschaft, in der man sich gegenseitig mit Wohlwollen begegnet, sowohl untereinander als auch vonseiten der Regierenden. Genau hierin liegt unter anderem die Botschaft des Alten Testaments für uns: Wir haben ein Problem, das dieses Wohlwollen verhindert, das uns hindert, wirklich gut zu sein.

Warum ist das so?

Ich bin doch kein schlechter Mensch?

Durch den Bruch mit Gott kam etwas in die Welt hinein, das alles veränderte: die Neigung des Menschen zum Bösen (Böses zu denken, zu sagen und zu tun) und der leibliche sowie der geistliche Tod. Der geistliche Tod meint die zerbrochene Gemeinschaft mit Gott und die Unfähigkeit, ein vollkommen gutes Leben zu führen und diese Gemeinschaft wieder herzustellen. Ich brauchte lange, um das zu erfassen. Ich war doch kein schlimmer Mensch! Ich versuchte, ein anständiges Leben zu führen, und nahm Abstand von Dingen, die mir schaden würden. Ich sah, was es bei anderen bewirkte, und ließ die Finger davon. Praktisch profitierte ich von den schlechten Erfahrungen der anderen. Ich nahm keine Drogen, hatte kein sexuell ausschweifendes Leben, im Gegenteil, aber trank schon »mal einen über den Durst«, aber das ist bei uns keine »Sünde«, sondern Teil unserer Kultur. Eine gute Ausrede.

Erst die Konfrontation mit der Bibel ließ mich langsam ahnen, worin das Problem lag. Ein zentraler Aspekt von Gott ist seine Heiligkeit, seine Vollkommenheit in allem: vollkommen rein, vollkommen gerecht, vollkommen gut, vollkommen selbstlos in seiner Liebe, vollkommen wahrhaftig. So schreibt der Apostel Petrus zum Beispiel in einem Brief an die Christen, die in den Gegenden der heutigen Türkei lebten: »*Wie der, welcher euch berufen hat, heilig ist, sollt auch ihr heilig sein in eurem ganzen Wandel.*« (1. Petrusbrief, 1,15; NT; SCH2000)

Einer der bekanntesten Abschnitte im Neuen Testament ist die Bergpredigt. Dort – auf einem Berg – begann Jesus seine Nachfolger zu unterrichten. Unter anderem zeigte er ihnen Gottes Maßstab der Heiligkeit. Wenn ich mit Menschen auf das Thema Sünde zu sprechen komme, treffe ich immer wieder auf eine Aussage: »Ich habe doch niemanden getötet!« Damit wollen betreffende Personen zum Ausdruck bringen, dass sie nicht so schlecht sind. In der Bergpredigt, im Matthäusevangelium, Kap. 5,21-22, sagte Jesus Folgendes: »*Ihr habt gehört, dass zu den Alten gesagt ist: ‚Du sollst nicht töten!‘, wer aber tötet, der wird dem Gericht verfallen sein. Ich aber sage euch: Jeder, der seinem Bruder ohne Ursache zürnt, wird dem Gericht verfallen sein. Wer aber zu seinem Bruder sagt: Raka!* [so viel wie Dummkopf, verächtliche Anrede], *der wird dem Hohen Rat verfallen sein. Wer aber sagt: Du Narr!* [im Originaltext ein noch schwerwiegenderer Ausdruck der Verachtung], *der wird dem höllischen Feuer verfallen sein.«* (NT; SCH2000)

Hier sagt Jesus praktisch, dass Gott bereits das Verachten eines Menschen als schwerwiegendes Vergehen ansieht.

Ein paar Verse weiter lesen wir: »*Ihr habt gehört, dass zu den Alten gesagt ist: ‚Du sollst nicht ehebrechen!' Ich aber sage euch: Wer eine Frau ansieht, um sie zu begehren, der hat in seinem Herzen schon Ehebruch mit ihr begangen.*« (5,27-29; NT; SCH2000)

Jesus wollte damit verdeutlichen, welcher der eigentliche Maßstab Gottes ist und dass bereits sündige Gedanken die Gemeinschaft zwischen dem heiligen Gott und dem Menschen unmöglich machen. Es ist auch nicht abwegig, denn jede schlechte Handlung und jedes schlechte Wort beginnt mit einem schlechten Gedanken. Gottes Sichtweise von Reinheit ist eben eine ganzheitliche.

Als ich zu Gott umgekehrt war, gewann ich ein völlig neues Bewusstsein. Es fiel mir wie Schuppen von den Augen. Ich erkannte, dass vieles, was ich in meinem Charakter und Verhalten als unproblematisch sah, in Wirklichkeit ein Problem darstellte, wie meine sexuelle Gedankenwelt, mein Jähzorn, meine gewohnheitsmäßige Unpünktlichkeit, oder dass ich ohne Weiteres schwarzarbeitete. Ich hatte bis dahin meine eigene Vorstellung von Gut und Böse, von Richtig und Falsch gehabt. Das war mein absoluter Maßstab gewesen. Danach wurde ich durch die Bibel eines Besseren belehrt und bin sehr froh darüber. Dadurch habe ich gelernt und ich lerne bis heute, was Gottes Maßstab in allen Dingen ist.

Vor allem habe ich verstanden, was Liebe wirklich bedeutet und wie sehr sie mich und auch meine Umgebung verändert. »*Du sollst den Herrn, deinen Gott, lieben aus deinem ganzen Herzen und aus deiner ganzen Seele und aus deinem ganzen Verstand und aus deiner ganzen Kraft! ... Du sollst deinen Nächsten lieben wie dich selbst! Größer als diese ist kein anderes Gebot.*« (Markusevangelium, 12,30-31; NT; ELB)

Diese Worte Jesu bilden eines der Hauptthemen des Neuen Testaments. Der Apostel Paulus erläutert dieses Thema im Brief an die Christen in Rom folgendermaßen: »*Seid niemand irgendetwas schuldig, als nur einander zu lieben! Denn wer den anderen liebt, hat das Gesetz erfüllt ... Die Liebe tut dem Nächsten nichts Böses. Die Erfüllung des Gesetzes ist also die Liebe.*« (13,8.10; NT; ELB)

Es geht Gott nicht nur darum, dass wir nichts Schlechtes tun, sondern vielmehr, dass wir lieben: Gott und die Menschen. Genau die Neigung zur Sünde in uns verhindert aber, dass wir zu dieser Liebe durchdringen können.

Zerstörte Beziehungen

Ein Elternmord der letzten Zeit ist uns in Südtirol sehr nahegegangen. Über Wochen und Monate haben italienische Zeitungen sowie das nationale Fernsehen darüber berichtet. Ein Paar aus Bozen, der Provinzhauptstadt, verschwand spurlos. Nach diversen Suchaktionen wurde der Leichnam der Frau aus der Etsch, dem südlich von Bozen gelegenen Fluss, geborgen. Die Autopsie ergab, dass sie erwürgt worden war. Schon vorher war der Verdacht auf ihren Sohn gefallen, dass er mit dem Verschwinden der Eltern zu tun haben könnte, und er war bereits in U-Haft. Schließlich gestand er dann den Doppelmord an seinen Eltern. Einige Wochen später wurde auch der Leichnam des Vaters gefunden. Der Fluss hatte ihn bis nach Trient abgetrieben, sechzig Kilometer südlich von Bozen. Wie ist es möglich, dass ein Sohn beide Elternteile – scheinbar kaltblütig – ermorden kann? Das erschüttert, erschreckt. Man will es nicht wahrhaben.

Ich kann mich noch gut an einen ähnlichen Fall aus der Oberschulzeit erinnern. Als ein Student aus der Parallelklasse eines Tages nach dem Unterricht nach Hause fuhr, musste er erfahren, dass sein eigener Bruder den Vater und den anderen Bruder getötet hatte. Die Mutter lebte schon länger nicht mehr. Nun war er allein, ohne Familie, mit einem Mörder als Bruder. Welch ein furchtbares Erlebnis. Wie kann man damit weiterleben? Wie kann man mit so einem Bruder noch Gemeinschaft haben? Ich kann mir gut vorstellen, dass er Abscheu, Abneigung oder Hass ihm gegenüber empfunden hat.

Geschehen wie Mord an Eltern, Frauen oder gar Kindern bewirken in uns jedenfalls eine große Abneigung gegenüber den Tätern. Wir können uns schwer vorstellen, mit solchen Menschen zu tun haben zu wollen. Was sie getan haben, bewirkt eine Trennung zwischen ihnen und dem Rest der Gesellschaft.

Es sind aber nicht nur schwerwiegende Taten, die eine Trennung zwischen Menschen verursachen. Persönlich kenne ich fünf Fälle, wo ein Familienmitglied die Gemeinschaft mit dem Rest der Familie abgebrochen hat. In einem Fall sprach der Sohn nur mehr über den Anwalt mit seiner Mutter. Das war, als ich in Florenz studierte. Diese Mutter hatte mir ein Zimmer in ihrer Wohnung vermietet, und ihr Sohn wohnte unter uns. Ich war sehr betreten über diese Situation und konnte nicht verstehen, wie so etwas möglich war.

Es gibt Verletzungen und Beleidigungen, wodurch gewisse Menschen es nicht mehr schaffen, sich zu versöhnen. Zwischen den Menschen und Gott liegt auch ein Hindernis, das nicht einfach so beseitigt werden kann. Der Prophet Jesaja übermittelte dem Volk Israel circa 700 Jahre v. Chr. folgende Nachricht Gottes: *»Siehe, die Hand des Herrn ist nicht zu kurz zum Retten und sein Ohr nicht zu schwer zum Hören; sondern eure Missetaten trennen euch von eurem Gott, und eure Sünden verbergen sein Angesicht vor euch, dass er nicht hört!«* (Jesaja, 59,1-2; AT; SCH2000)

Es liegt etwas zwischen uns und ihm, das verhindert, dass er mit uns Gemeinschaft haben kann. So wie Verletzungen, Verachtung, Missbrauch und andere Vergehen uns untereinander trennen, so trennen sie uns auch von Gott! Das Wunderbare an Gott ist aber, dass er es damit nicht sein ließ. Er hat uns den Weg gezeigt, wie dieses Hindernis überwunden werden kann.

6. Wenn Gott und Mensch sich begegnen

Die Geschichte einer zerbrochenen Frau

Im Lukasevangelium gibt es eine der für mich schönsten und bewegendsten Begebenheiten.

Jesus wurde von einem Pharisäer namens Simon zum Essen eingeladen. Er hatte es zu einem gewissen Bekanntheitsgrad gebracht und ich kann mir gut vorstellen, dass er deshalb auch gerne eingeladen wurde von denen, die in der Gesellschaft Rang und Namen hatten. Jesus war sozusagen »trendy«. Damals saß man nicht am Tisch wie wir heute, zumindest in unseren Breitengraden, sondern lag auf Polstern, schräg zum niedrigen Tisch in der Mitte, die Füße nach hinten gestreckt, und aß auf den Ellenbogen gestützt. Es scheint, dass die Gastmähler im Innenhof stattfanden und auch Menschen von der Straße sich hinzugesellen konnten, am Rande saßen und dem Gastmahl der Schönen und Reichen zusahen. So kam unter anderem eine Frau in den Hof, trat von hinten an Jesu Füße heran und begann zu weinen. Die Tränen, die auf seine Füße fielen, begann sie mit ihren Haaren abzutrocknen, dann küsste sie diese und salbte sie mit Salböl, das sie mitgebracht hatte. Der Gastgeber war entsetzt. Seine stille Äußerung dazu war: »*Wenn dieser ein Prophet wäre, so würde er erkennen, wer und was für eine Frau das ist, die ihn anrührt, denn sie ist eine Sün-*

derin.« (Lukasevangelium 7,39; NT; ELB) Sie war wohl eine Prostituierte, die in dieser Gesellschaft nichts zu suchen hatte. Was Jesus hier zuließ, war ein glatter Affront. Ich denke, das wäre es auch heute noch. Für Jesus hingegen war dies kein Hindernis. Im Gegenteil, er ließ es geschehen, denn er hatte mit dieser Frau noch etwas vor. Dann gab er dem Gastgeber eine beeindruckende Lektion. Er fragte ihn: »*Ein Gläubiger hatte zwei Schuldner; der eine schuldete fünfhundert Denare, der andere aber fünfzig; da sie aber nicht zahlen konnten, schenkte er es beiden. Wer nun von ihnen wird ihn am meisten lieben?*« (Verse 41-42; ELB) [Ein Denar war der Tagesverdienst eines Arbeiters zur Zeit Jesu].

Simon antwortete mit dem Naheliegenden: »*Ich nehme an, der, dem er das meiste geschenkt hat.*« (Vers 43, ELB)

Jesus gab ihm recht und verglich nun den Gastgeber mit dieser Frau, die wohl noch immer zu seinen Füßen kniete. Er wies Simon darauf hin, dass er ihm weder Wasser gegeben, um seine Füße zu reinigen, noch einen Kuss gegeben, noch sein Haupt mit Öl gesalbt hatte, so wie es für Gastgeber Sitte war, ein Zeichen der Wertschätzung und der Achtung. Diese Frau hingegen hatte seine Füße mit Tränen benetzt und abgetrocknet, nicht abgelassen, diese zu küssen und sie mit Öl zu salben. So stellte Jesus ihre große Liebe seiner mangelnden Wertschätzung gegenüber, um zu zeigen, dass diese Frau etwas erkannt hatte, was dem angesehenen Pharisäer bis dahin entgangen war.

Welch eine beeindruckende Begebenheit! Inmitten eines Gastmahles der Angesehenen der Ortschaft nimmt sich Jesus ungeachtet dessen, was die anderen darüber denken würden, dieser zerbrochenen Frau an. Wer war sie und warum war sie zu Jesus gekommen? Es steht nur, dass sie eine Sünderin war. Sicher stadtbekannt, denn die Anwesenden wussten wohl, wer sie war. Wenn sie eine Prostituierte war, warum übte sie diesen Beruf aus? Aus Armut? Aus Lust? Wir wissen es nicht. Die Entscheidung zu dem Lebensstil, der sie ins Abseits katapultiert hatte, was auch immer es war, war ihre Zielverfehlung, so wie vieles andere in ihrem Leben. Ihre Reaktion Jesus gegenüber zeigt, dass sie das verstanden und erkannt hatte, wer Jesus war. Er sagte dann zu ihr: »*Deine Sünden sind vergeben ... Dein Glaube hat dich gerettet. Geh hin in Frieden.*« (Verse 48 und 50; ELB)

Die Anwesenden staunten nicht schlecht. Wie konnte dieser Mensch so etwas sagen? Nur Gott konnte Sünden vergeben. Was für eine Anmaßung, welche Arroganz!

Für diese Frau jedoch war Jesus alles geworden, ihre Hilfe und ihre Rettung aus der Not, bezeugt durch ihre Tränen und ihre überströmende Liebe zu diesem Jesus, den sie als den erkannt hatte, der er behauptete zu sein, der Messias, der Sohn Gottes. Es war ja nicht unbekannt, was er tat und was er predigte. Ja, er konnte alles, was sie in ihrem Leben verbockt hatte, entsorgen, denn dafür war er in die Welt gekommen, und dafür liebte sie ihn und brachte es auch vor allen

Anwesenden zum Ausdruck. Sie begann ein neues Leben im Glauben an Jesus.

In diesem Moment prallten zwei Welten aufeinander: Auf der einen Seite blickten selbstgerechte religiöse Menschen angewidert auf eine verachtete Frau und einen Mann, der ihr Achtung und Hilfe entgegenbrachte. Auf der anderen Seite sehen wir eine zerbrochene Frau, die zu den Füßen Jesu lag, ohne sich noch irgendeine Illusion über sich selbst zu machen. Das war im Grunde das, was auch in mir passiert war. Die Auseinandersetzung mit Jesus warf mich auf mich selbst zurück. Bis dahin hatte ich mich als guten und besonderen Menschen gesehen, reifer als meinesgleichen, klüger, intellektueller. Ich dachte, ich konnte selbst ergründen, wie und wer Gott ist, wo die letzten Wahrheiten zu finden sind, bis das ganze Kartenhaus zusammenbrach und mir klar wurde, dass dem nicht so war. Das ist demütigend. Als ich später verstanden hatte, wer Jesus ist, wusste ich, dass ich ihm nichts zu bringen hatte und dass ich ihm nichts mehr vormachen konnte. So begann auch ich ein neues Leben im Glauben an Jesus Christus.

Die Selbstgerechten

Simon der Pharisäer und seine Kollegen erkannten überhaupt nichts von diesem grandiosen Moment, der sich zwischen dieser Frau und Jesus abspielte. Sie waren zu hochmütig, um zu hören und zu sehen, obwohl sie wegen der Dinge, die Jesus sagte und tat, was in ganz Israel und darüber hinaus bekannt war, sehr wohl aufhorchen mussten. Sie, die, wie sie dachten, viel gerühmten Schriftgelehrten und die vorbildlichen »Gesetzeseinhalter«, ärgerten sich hingegen über Jesu Aussagen und sahen in ihm einzig und allein einen, wie wir in Südtirol sagen würden, »Ploderer«, einen, der viel Unsinn daherredet. Was Jesus aber zu der Frau gesagt hatte, war alles andere als leeres Gerede: »*Deine Sünden sind vergeben*«, »*Dein Glaube hat dich gerettet, geh hin in Frieden*«. Und sie ging hin in Frieden.

Diese Männer aber waren taub gegenüber diesen Worten. Sie brauchten keine Vergebung, sie waren jene, die das Gesetz einhielten, die anderen sagten, was sie zu tun hatten, wo es langging. Sie waren keine »Loser«, keine Versager, sondern angesehen, also konnten sie nicht alles falsch gemacht haben, im Gegensatz zu jener Frau.

Letzthin habe ich ein Interview mit einer Kriminalpsychologin gesehen, Lydia Benecke, die mit Mördern, Gewalttätern, Sexualverbrechern und Psychopathen zu tun hat.[4] Ein Ziel, das sie als Psychologen verfolgen, ist, dass die Täter ihre eigene Schuld und Verantwortung erkennen. Sie nehmen ihnen das Konstrukt, das sie selbst aufgebaut haben, weg, damit sie die Straftat so sehen, wie sie ist: ungeschönt, böse, zerstörerisch. Ziel ist es, dass sie die Wucht ihrer Verantwortung erkennen, das, was sie dem Opfer und den Angehöri-

---

4   ARD, Talkshow 3nach9, Sendung vom 19. März 2021, siehe auch
    https://www.youtube.com/watch?v=SA6mXOp8FFk&t=195s.

gen angetan haben. Das bringt so manchen Straftäter zum Zusammenbruch. Sie hat auch mehrere Bücher verfasst, von denen eines den Titel »Auf dünnem Eis« trägt, um zu sagen, dass uns alle mitunter nur eine hauchdünne Schicht von einem Verbrechen trennt. Wenn man nur das sieht, was andere falsch machen, was andere einem angetan haben, und nur das, was man selbst richtig macht, dann wird man blind und taub für die Realität der Dinge. Dann kann auch im religiösen Sinne passieren, was Jesus zu den Pharisäern damals über ihre Beziehung zu Gott gesagt hat, indem er den Propheten Jesaja zitiert: *»Dieses Volk ehrt mich mit den Lippen, aber ihr Herz ist weit entfernt von mir.«* (Matthäusevangelium 15,8; NT; ELB)

Auch ich war solch ein selbstgerechter Mensch, bis mir Gott aufzeigte, dass weder mein »kathobuddho-hindugelisches« Konstrukt noch meine vermeintliche Intelligenz irgendwo hinführten. Es ging mir nämlich nie wirklich um Gott, sondern um mich selbst, um die Befriedigung meiner religiösen Bedürfnisse.

7. Die Lösung Gottes

Das juristische Problem

Diese Frau zu den Füßen Jesu erkannte, dass sie sich IN ERSTER LINIE schuldig gemacht hatte, vor Menschen und vor Gott, und Jesus sprach die wunderbaren Worte: *»Deine Sünden sind vergeben ... Dein Glaube hat dich gerettet. Geh hin in Frieden.«* Wie sind diese Worte zu verstehen?

Hier rückt wieder der Auftrag in den Mittelpunkt, den Jesus als Messias hatte. Deshalb trat er in Raum und Zeit ein und wurde Mensch, um uns freizukaufen. Aus diesem Grunde konnte er auch die Frau freisprechen, weil er dafür etwas getan hatte. Er konnte eben nicht ohne Grundlage sagen: »Deine Sünden sind vergeben«, genauso wie ein Stadtpolizist einen Strafzettel nicht zerreißen kann, nachdem er ihn ausgestellt hat. Jemand muss die Strafe begleichen, damit er ad acta gelegt werden kann.

Wenn ein Mensch eine Straftat begeht, so hat das eine Strafe zur Folge. Das reicht vom bereits erwähnten Strafzettel wegen Falschparkens bis zur Gefängnisstrafe bei schweren Delikten. Das ist eine juristisch festgelegte Tatsache innerhalb eines Staates, der niemand von uns entgehen kann. Wir haben grundsätzlich auch kein Problem damit. Das braucht es, damit eine gewisse Ordnung aufrechterhalten werden kann. Was uns nicht bewusst ist, ist, dass dasselbe auch vor

Gott gilt. Ein gerechter Richter muss schauen, dass bei einer Straftat das rechte Maß an Strafe verhängt wird. Ein heiliger Gott muss eine Straftat ebenso ahnden, ansonsten ist er nicht mehr heilig. Das ist die Schwierigkeit, die wir mit Gott haben. Warum kann er nicht einfach so vergeben? Genauso wie ein Richter nicht einfach so eine Straftat durchgehen lassen kann, ansonsten könnte er kein Richter mehr sein. Gott ist gerecht und heilig und muss sich selbst treu bleiben.

Oft habe ich Aussagen gehört wie: »Wenn Gott ein Gott der Liebe ist, dann sollte er nicht richten, dann sollte er nicht verurteilen, dann kann es keine Hölle geben.«

Was ist diese »Hölle«? Ein Wort, das für viele nur noch ein überholtes Überbleibsel aus fernen Zeiten ist. Wenn der Gott der Bibel eine Realität ist, so ist es auch der Himmel und genauso die Hölle. Der Himmel ist der Ort, wo Gott ist, ein Ort der Freude und der Ruhe. Die Hölle ist der Ort, wo Gott und alles Gute, das von ihm kommt, nicht ist. Am Ende gelangen all jene dorthin, die sich gegen Gott entschieden haben, ihn abgelehnt haben. Fair, oder?

Nun mag einer sagen, ich hab gar kein Interesse an Gott, ich bin lieber dort, wo Gott nicht ist. Ich denke, dass selbst der ärgste Feind Gottes dort nicht sein will. Es ist uns nicht bewusst, was das wirklich bedeutet. Ich kann mich noch gut erinnern, wie ich als junger Mensch nachts im Bett lag und manchmal dachte: Was, wenn ich sterbe und die Augen aufschlage, bei Bewusstsein bin und nur Finsternis mich umgibt, totale unendliche Finsternis? Später, als ich die Bibel besser kennengelernt hatte, wusste ich, dass diese Gedanken ein Vorgeschmack waren auf die Hölle, ein Ort der Finsternis und des Leides. Jesus selbst warnte immer wieder davor, so wie im Lukasevangelium: »*Ich sage aber euch, meinen Freunden, fürchtet euch nicht vor denen, die den Leib töten und nach diesem nichts weiter zu tun vermögen! Ich will euch aber zeigen, wen ihr fürchten sollt: Fürchtet den, der nach dem Töten die Macht hat, in die Hölle zu werfen; ja, sage ich euch, diesen fürchtet!*« (Kap. 12, 4-5; NT; ELB)

Damit meinte Jesus, dass man Gott mehr fürchten muss als den Menschen und somit auch die Tatsache der Hölle ernst zu nehmen ist. Unser Verhältnis zu ihm wird darüber entscheiden, was mit uns nach dem Tod sein wird, nicht unsere Meinung oder unsere Vorstellung. Im Alten Testament lesen wir jedoch, dass Gott keine Freude hat am Tod des Gottlosen, an der ewigen Trennung von ihm (Hesekiel 18,23). Deshalb hat er auch seinen Sohn gesandt, »*damit jeder, der an ihn glaubt, nicht verloren geht ...*«, das heißt, nicht verurteilt wird und nicht die Ewigkeit fern von Gott verbringen muss. Wer dieses Geschenk ablehnt, wird die Konsequenzen tragen müssen.

Wer aber doch zum Schluss kommt, dass er mit Gott zu tun haben möchte und sein Problem mit der Justiz, sprich mit Gott, geregelt haben möchte, muss sich an seine Vorgaben halten. Und diese lauten folgendermaßen: »*Der Lohn* [= die Strafe] *der Sünde ist der Tod* [= die ewige Trennung von Gott], *die Gnadengabe*

[= Geschenk] *Gottes aber ewiges Leben* [= der Ort, wo Gott ist] *in Christus Jesus, unserem Herrn* [= das, was er getan hat, um unser Problem mit Gott zu lösen].« (Römerbrief, 6,23; NT; ELB)

Das meint praktisch, wir können nicht so leben, dass wir vor Gott bestehen können. Deshalb hat er das Problem selbst gelöst, um uns, die »verlorenen Schafe«, wieder zurückzuholen. So schreibt Paulus in demselben Brief: »*Denn es ist kein Unterschied, denn alle haben gesündigt* [= unser juristisches Problem] *und erlangen nicht die Herrlichkeit Gottes* [= der Ort, wo Gott ist] *und werden umsonst gerechtfertigt* [= gerecht gesprochen, als ob man keine Straftat begangen hätte] *durch seine Gnade* [= Geschenk], *durch die Erlösung, die in Christus Jesus ist.*« (3,22-24; ELB)

Diese Rechtfertigung, die Gott dem Menschen geben möchte, die Jesus für uns erkauft hat, löst nicht nur unser juristisches Problem mit Gott, sondern bringt uns wieder in eine Beziehung mit Gott, in die engste Beziehung, die man sich nur vorstellen kann.

Der Stellvertreter

Wie hat Gott praktisch das juristische Problem des Menschen durch Jesus gelöst? Es gibt eine Geschichte, die dies etwas zu veranschaulichen vermag.

Zwei Studenten waren gute Freunde. Ein Student studierte Jurisprudenz, der andere ein wissenschaftliches Fach. Die beiden Freunde beendeten das Studium, fingen mit dem Berufsleben an und verloren sich aus den Augen. Der Jurist hatte in seinem Beruf viel Erfolg und wurde bald zum Richter ernannt. Der Wissenschaftler arbeitete nicht ernsthaft genug. Seine Geldprobleme nahmen zu, bis er auf die schiefe Bahn geriet und am Ende vor Gericht gestellt wurde. Wer war der Richter? Sein alter Freund. Die Journalisten hatten herausgefunden, dass der Richter und der Wissenschaftler früher gute Freunde waren. So erwartete man ein milderes Urteil, aber der Richter war sehr streng und gab ihm das höchste Strafmaß. Da der Angeklagte kein Geld mehr hatte, um die Schuld zu begleichen, bekam er eine Gefängnisstrafe. Die Polizei nahm den verurteilten Freund mit, und sie verließen den Gerichtssaal. In der Zwischenzeit zog der Richter schnell seine Amtskleider aus und rief dem Polizisten zu: »Moment!«

Dann sprach der Richter zu seinem alten Freund: »Glaubst du, dass ich dein Freund bin?«

Dieser antwortete: »Nein.«

Der Richter: »Ich konnte nicht anders handeln. Du bist schuldig und ich musste dir die Strafe geben, die du verdient hast. Wenn ich dir keine Strafe gegeben hätte, dann hätte mich niemand mehr respektiert. Niemand wird einen Richter respektieren, wenn er nicht nach dem Gesetz handelt. Trotzdem bin ich dein Freund!«

Der andere schaute ihn böse an, schüttelte den Kopf und wandte sich ab. Der Richter aber steckte seine Hand in die Tasche, zog ein Scheckheft heraus, öffnete es, schrieb etwas mit dem Kugelschreiber darauf und drückte seinem Freund den ausgefüllten Scheck in die Hand. Dieser war sehr erstaunt, als er erkannte, dass der Betrag darauf genauso hoch war wie jener, den der Verurteilte hätte zahlen müssen. Der Richter sagte zu ihm: »Das ist der Beweis, dass ich dein Freund bin. Ich schenke dir die Erlösung von der Strafe.«

Der verurteilte Freund konnte nun zahlen und war frei.

So in etwa schaut das Angebot Gottes aus und der Scheck, den Gott dem Menschen entgegenhält, heißt Jesus Christus. Darauf steht: Bezahlt! Denn an einem Holzbalken außerhalb der Stadtmauern Jerusalems geschah vor ca. 2000 Jahren etwas Unerhörtes: Der ganze von der Menschheit angehäufte Schuldenberg wurde durch einen sündlosen Menschen gesühnt, die Schuld beglichen, stellvertretend für die Menschen, an deren Stelle, durch seinen Tod. Deshalb lesen wir im Brief des Paulus an die Römer: »*Denn der Lohn der Sünde ist der Tod; aber die Gnadengabe Gottes ist das ewige Leben in Christus Jesus, unserem Herrn.*« (Römerbrief, 6,23; NT; SCH2000)

Das war der Auftrag des Messias. Jesu Ausruf am Kreuz »*Mein Gott, mein Gott, warum hast du mich verlassen!*« (Matthäusevangelium 27,46; NT; ELB) war der Moment, wo etwas geschah, was schier unglaublich ist: Der Messias, der Sohn Gottes, wurde für uns wörtlich zur Sünde gemacht, er nahm unsere Schuld auf sich. In diesem Moment konnte der Vater nicht mehr eins sein mit seinem Sohn und trennte sich von ihm. In diesem Moment hat der Sohn für uns den Tod geschmeckt, die Trennung von Gott. Er hat den Vorgeschmack auf die ewige Trennung von Gott erlebt, er, der Sohn Gottes.

So schrieb Paulus im Brief an die Römer: »*Gott aber erweist seine Liebe zu uns darin, dass Christus, als wir noch Sünder waren, für uns gestorben ist.*« (5,8; NT; ELB)

Der Apostel Johannes schreibt in einem seiner Briefe: »*Hierin ist die Liebe: Nicht, dass wir Gott geliebt haben, sondern dass er uns geliebt und seinen Sohn gesandt hat als eine Sühnung für unsere Sünden.*« (1. Brief des Johannes, 4,10; NT; ELB)

Dies ist der Beweis der Liebe Gottes: Nicht, dass er alles durchgehen lässt, sondern dass er selbst die Schuld durch seinen Sohn beglichen hat. Mit diesem Scheck in der Hand kann jeder von uns freigehen.

Auferstanden

Mit dem Tod Jesu war die Angelegenheit noch nicht abgeschlossen. Wenn das alles hier ein Ende gehabt hätte, dann wäre Jesus einfach ein Mensch gewesen, der unschuldig die Todesstrafe erlitten hatte, aber da wäre er sicher nicht der Einzige gewesen. Was machte aber dieses Ereignis so außergewöhnlich, und warum wissen wir von dieser einen Hinrichtung? Ist ziemlich lange her, das Ganze. Im Gegensatz zu den anderen Hingerichteten ist Jesus nach drei Tagen auferstanden. Sein Leib war weg, nicht mehr in der Gruft, in der Jesus bestattet worden war, obwohl ein großer Stein vor die Graböffnung gerollt und ein römisches Siegel angebracht worden war. Außerdem wurde dieses durch eine römische Wache unzugänglich gemacht. Wer weiß, wie eine Bewachung durch eine römische Einheit vonstattenging, weiß, dass sie so ziemlich unüberwindbar war, schon gar für ein paar einfache Männer. Die Juden waren nämlich zuvor zu Pilatus gegangen und hatten ihn um die Bewachung der Gruft durch die Römer gebeten, da die Aussagen über Jesu bevorstehende Auferstehung bereits zirkulierten. Sie hatten Angst, seine Jünger würden den Leichnam stehlen und darauf diese Behauptung aufstellen.

Sobald man über Auferstehung spricht, ist das für viele der Moment, der beweist, dass dies alles nur eine Legende ist, ein Märchen. Verständlich, das passiert nicht jeden Tag, ist eigentlich so noch nie passiert. Es gibt keine wissenschaftlichen Tests hierfür, es ist ein nicht wiederholbares Ereignis.

Paulus schreibt hierzu etwas Interessantes im 1. Brief an die Christen in Korinth: »*Wenn aber Christus nicht auferweckt ist, so ist also auch unsere Predigt inhaltslos, inhaltslos aber auch euer Glaube*«, und ein paar Zeilen weiter: »*Wenn Tote nicht auferweckt werden, so lasst uns essen und trinken, denn morgen sind wir tot.*« (1. Korintherbrief, 15,14.32; NT; ELB)

Damit sagt Paulus, wenn Jesus nicht auferstanden ist, dann nützt auch der Glaube an Jesus nichts. Dann ist alles, was er über Jesus Christus gepredigt hat, sinnlos und nutzlos, auch wenn er dafür jahrelang viele Gebiete durchzogen hat. Dann können wir es uns einfach gut gehen lassen, denn nach dem Tod ist alles aus.

Warum ist es also wichtig, dass Jesus auferstanden ist? Auch hier finden wir durch Paulus eine Antwort. Im öfters erwähnten Brief an die Christen in Rom schreibt er über Jesus: *»Der unserer Übertretung wegen dahingegeben und unserer Rechtfertigung wegen auferweckt worden ist.«* (4,25; NT; ELB)

Durch den Tod hat Jesus die Strafe für unsere Übertretungen bezahlt. Dann hat Gott Vater seinen Sohn auferweckt, um zu bezeugen, dass er das stellvertretende Opfer seines Sohnes angenommen hat. Das beweist aber auch, dass es eine Auferstehung gibt und nach dem Tod nicht alles vorbei ist. Denn wenn Christus auferstanden ist, so wird es auch der Mensch. Das ist außergewöhnlich, für uns schwer zu verstehen, aber so kann man es im Neuen Testament nachlesen.

Wie können wir heute wissen, dass dieses Ereignis stattgefunden hat und dass es kein Märchen ist? Es gibt zwei Möglichkeiten: Entweder man bleibt dabei, dass es ein Märchen ist, oder man untersucht aufrichtig die Indizien, die es rund um dieses Ereignis gibt.

Josh McDowell, ein amerikanischer Buchautor, war in seiner Studienzeit ein überzeugter Gegner des Christentums und versuchte, es zu widerlegen. Er schreibt in seinem Buch »Die Tatsache der Auferstehung«: »Ich dachte, wenn ein Christ auch nur eine Gehirnzelle hätte, müsste sie vor Einsamkeit sterben. Ich hatte damals von Christsein keine Ahnung. Diese

Leute forderten mich immer wieder heraus. Schließlich ging ich darauf ein. Aber ich tat es aus Stolz, um ihre Aussagen zu widerlegen. Ich wusste nicht, dass es Beweismaterial gibt, das man mit dem Verstand beurteilen kann. Nach umfangreichen Untersuchungen und Nachforschungen kam mein Verstand schließlich zu dem Ergebnis, dass Jesus Christus der gewesen sein muss, der er nach seinen Behauptungen war.«[5]

Besagtes Buch enthält eine schrittweise Darlegung, die zeigt, dass Jesu Auferstehung ein historisches Ereignis war, das man nicht einfach vom Tisch wischen kann.

5   Josh McDowell, Die Tatsache der Auferstehung (CLV Verlag), Seite 14.

8. Was nun?

Eine persönliche Entscheidung

Ich möchte abermals zurückkommen zu dem, was Jesus der Frau in Simons Haus gesagt hat: »*Deine Sünden sind vergeben ... Dein Glaube hat dich gerettet. Geh hin in Frieden.*«

Warum sagt Jesus, dass ihr Glaube sie errettet habe? War es nicht Jesus, der durch seinen Tod am Kreuz dem Menschen die Rettung gebracht hat? Gilt das nicht für alle?

Grundsätzlich schon, aber ein Geschenk muss auch angenommen werden. Wenn ich ein Geschenk nicht annehme, es nicht entgegennehme, es nicht mit der Gewissheit öffne, dass der Inhalt nun mir gehört, dann bleibt es Eigentum dessen, der das Geschenk gemacht hat. Dies ist die Voraussetzung, die für Gott gilt, damit er uns freisprechen kann. Man muss vertrauen, dass es sich so verhält, wie Gott sagt, und dem recht geben. Das klingt wiederum für die meisten zu einfach: Nur glauben? Und sonst nichts? Genau. Einfach nur glauben und anerkennen, dass man diese Rettung nötig hat.

Es gibt eben diese zwei Punkte, mit denen sich die meisten von uns mehr oder weniger schwertun. Einerseits erwarten wir, dass durch die Begleichung der Schuld jeder Mensch automatisch zu Gott kommt. Dem ist aber nicht so. Dieser Akt Gottes bedeutet keine Generalamnestie, sondern ist eine persönliche Angelegenheit zwischen Gott und jedem einzelnen Menschen. Deshalb lesen wir auch im Johannesevangelium den öfters erwähnten Vers im Kapitel 3: *»Denn so hat Gott die Welt geliebt, dass er seinen eingeborenen Sohn gab, damit jeder, der an ihn glaubt, nicht verloren geht, sondern ewiges Leben hat.«*

Die Voraussetzung ist: Jeder, der an ihn glaubt.

Andererseits tun wir uns damit schwer, »nur« zu glauben. Wir sind das nicht gewohnt. Jede Religion hat irgendwelche Regeln, Riten oder Werke zur Voraussetzung, um ein guter Gläubiger zu sein, um Gott näherzukommen. Wir gehen davon aus, dass wir etwas tun müssen, um von Gott angenommen zu werden oder sozusagen in den Himmel zu kommen. Wir denken an ein Punktesystem. Wenn wir dies und jenes tun, dann reicht die Punktezahl vielleicht aus, um vor Gott bestehen zu können. Aber wie viele Punkte reichen aus? Wenn ich zu Menschen sage, dass ich nach meinem Tod gleich bei Gott sein werde, in seiner Gegenwart, dann folgt meistens die Antwort: »Das klingt ganz schön arrogant! Wie kannst du sagen, dass du so gut bist, dass du in den Himmel kommst?«

Das ist eine interessante Aussage, da sie zu verstehen gibt, dass kaum jemand, der in einer christlichen Kultur aufgewachsen ist, es sich zutraut, so gelebt zu haben, dass er direkt nach seinem Tod in den Himmel kommt (das gilt wohl auch für andere Religionen). Im Gegenteil, wer das behauptet, ist eingebildet und hochmütig. Und warum denken die meisten so? Weil sie auf der Grundlage des Punktesystems denken und davon ausgehen, dass man ziemlich perfekt sein muss, um in den Himmel zu kommen. Das zeigt auch, dass den meisten sehr wohl bewusst ist, dass der Maßstab Gottes hoch ist. Sie meinen, die guten Werke zu brauchen, die Beichte, die Gebete der anderen, die Vermittlung der Heiligen, die religiösen Übungen, um es vielleicht zu schaffen. Und so leben viele, die sich Christen nennen, eigentlich in der totalen Ungewissheit darüber, ob sie nach ihrem Tod je zu Gott kommen oder wann. Deshalb ist es wichtig hinzuhören, was Jesus gesagt hat, denn das zählt.

Als Jesus am Kreuz hing, wurden mit ihm zwei Verbrecher mitgekreuzigt. Der eine verspottete ihn, der andere aber sprach zu diesem: »*Auch du fürchtest Gott nicht, da du in demselben Gericht bist? Und wir zwar mit Recht, denn wir empfangen, was unsere Taten wert sind; dieser aber* [damit meinte er Jesus] *hat nichts Ungeziemendes getan.*« Dann sah er zu Jesus und sprach: »*Jesus, gedenke meiner, wenn du in dein Reich kommst!*«

Jesus antwortete darauf: »*Wahrlich, wahrlich, ich sage dir: HEUTE wirst du mit mir im Paradies sein.*« (Lukasevangelium, 23,40-43; NT; ELB; Hervorhebung durch die Autorin)

Dieser Mann am Kreuz hatte sein Leben verbockt. Er hatte keine Gelegenheit mehr, etwas wiedergutzumachen. Alles, was er in diesen letzten Stunden getan hatte, war, an Jesus zu glauben. Er glaubte, dass er sein Retter war, und erkannte seine eigene Schuld vor ihm an. Das hatte gereicht, und Jesus gab ihm die Gewissheit, dass er nach seinem Tod bei ihm sein würde. Ein

Mensch wird nicht deshalb ewig mit Gott leben, weil er die erforderliche Punktezahl erreicht hat, sondern weil Christus, der Messias, an seiner Stelle die Strafe bezahlt hat und der Betroffene daran geglaubt hat. Die erforderliche Punktezahl kann nämlich niemand von uns erreichen. Deshalb darf ich das auch behaupten, dass ich nach meinem Tod sofort bei Jesus sein werde, da ich damals, vor 30 Jahren, ihm geglaubt und ihm recht gegeben habe, was meine Schuld vor ihm anbelangt hat. »*Denn aus Gnade seid ihr gerettet durch Glauben, und das nicht aus euch, Gottes Gabe ist es; nicht aus Werken, damit niemand sich rühme.*« (Paulus im Brief an die Epheser, Kap. 2,8-9, NT; ELB)

Für die Unachtsamen

Im Johannesevangelium machte Jesus eine starke Aussage. Die religiösen Führer waren wieder einmal sauer auf ihn, weil er am Sabbat, wo Arbeitsverbot galt, einen Gelähmten geheilt hatte. Das war für sie ein Argument, dass er nicht der Messias sein konnte, denn dieser würde doch nicht am Sabbat »arbeiten«. Das zeigt, wohin religiöse Engstirnigkeit, Hass und Neid führen können. Sie waren blind geworden für die gewaltigen Dinge, die Jesus tat.

Jesus erwiderte darauf: »*Wahrlich, wahrlich, ich sage euch: Wer mein Wort hört und glaubt dem, der mich gesandt hat, hat ewiges Leben, und kommt nicht ins Gericht,*

sondern er ist aus dem Tod in das Leben übergegangen.«
(5,24; NT; ELB)

Er wollte ihnen sagen, dass sie endlich aufhören mögen, alles, was vor ihren Augen geschah, wegzuargumentieren. Sie sollten auf ihn hören, denn die Zeichen, die er vollbrachte, die Wunder, wiesen auf seine Autorität hin.

Die Konsequenz für den, der auf Jesus hört (auf das achtet, was er hört) und ihm glaubt, ist wirklich erstaunlich. Er bekommt ewiges Leben, kommt NICHT ins Gericht, sondern ist vom Tod ins Leben übergegangen. Das heißt, er hat bereits ab dem Moment, da er hört und glaubt, ewiges Leben!

In diesem Vers lesen wir aber auch die Kehrseite des Ganzen: Wer nicht auf das achtet, was Jesus sagt, wer mit Gleichgültigkeit darauf reagiert, wird ebenfalls Konsequenzen davontragen: Gericht und Tod, die ewige Trennung von Gott.

Aus der Apostelgeschichte erfahren wir dann, wer diesem Gericht einmal vorstehen wird.

Als Petrus einmal vor einer Gruppe Nichtjuden sprach, die mehr von Jesus erfahren wollten, sagte er ihnen unter anderem: *»Und er hat uns befohlen, dem Volk zu predigen und eindringlich zu bezeugen, dass er der von Gott verordnete Richter der Lebenden und der Toten ist. Diesem geben alle Propheten Zeugnis, dass jeder, der an ihn glaubt, Vergebung empfängt durch seinen Namen.«* (10,42-43; ELB)

So wird laut dem, was im Neuen Testament geschrieben steht, Jesus selbst der Richter sein. Er, der sich an unserer Stelle verurteilen ließ, wird denen das Urteil verlesen, die sein Geschenk nicht angenommen haben. Leider, denn mehr konnte er für den Menschen nicht tun. Das heißt eben auch, dass all jene, die den Scheck Gottes angenommen haben, bei dieser Gerichtsversammlung nicht dabei sein werden. Deshalb lohnt es sich, sich mit Jesus auseinanderzusetzen, über sein Rettungsangebot nachzudenken. Es geht eben um Leben und Tod.

9. Frei!

Als ich mich für das Angebot Jesus entschieden hatte, war mir die Tragweite des Ganzen noch nicht wirklich bewusst. Erst mit der Zeit habe ich die Größe dieses Geschenkes – die Löschung all meiner Zielverfehlungen und den Beginn meines ewigen Lebens durch Jesus Christus – realisiert und bin bis heute überwältigt davon, wie groß, wie herrlich, wie gütig, wie barmherzig und wie liebevoll mein Gott ist.

Durch das regelmäßige Lesen in der Bibel konnte ich Gott immer besser kennenlernen, aber auch mich selbst. Die Beziehung mit meinem himmlischen Vater hat sich bis heute sehr vertieft. Ich kann ihm Leid, Sorgen, aber auch meine Pläne hinlegen. Bis heute hat er mein Leben gelenkt und geführt, mich begleitet und bewahrt. Er ist es, der meine Gebete erhört, mich tröstet und zurechtweist. Es gibt keinen Vater wie ihn.

Ja, deshalb glaube ich an ihn, weil sein Werk der Errettung durch seinen Sohn mein neues und ewiges Leben mit ihm möglich gemacht hat!

Was hat sich in meinem Leben seit jenem Tag meiner Entscheidung geändert? Viel, in jeder Hinsicht. Ich könnte es vergleichen mit einem Vogel, der von Anfang an in einem Käfig eingesperrt war und nie fliegen konnte. Dann wird ihm das Türchen geöffnet. Er verlässt den Käfig, hüpft aber weiterhin herum, als ob er noch eingesperrt wäre. Langsam versteht er, dass er Flügel hat, macht seine ersten Flugversuche, bis er fliegen kann, und erhebt sich schlussendlich hoch in die Lüfte. Er genießt die Weite, die Unendlichkeit, die Freiheit.

Freiheit, ein großes Wort! Darunter versteht man im Allgemeinen die Freiheit im persönlichen, im religiösen und im politischen Bereich. Wir denken grundsätzlich, dass, wenn wir darin Entscheidungsfreiheit haben, wir freie Menschen wären. Das stimmt, aber für mich hat dieses Wort nun eine viel größere Bedeutung, denn es ist nicht mehr »nur« eine äußere Freiheit, sondern vielmehr eine innere. Ich weiß mich frei von der Meinung anderer und frei von den Umständen, aber auch frei von der Macht des Bösen, die im Menschen ein zerstörerisches Werk vorantreibt.

Die Meinung der Menschen über mich ist etwas Unstabiles. Sie kann heute gut und morgen schlecht sein. Im Normalfall hängt der Selbstwert davon ab, wie sehr man von den Mitmenschen angesehen und angenommen ist. Die Umwelt ist ausschlaggebend für den Wert, den wir uns geben oder den wir von den anderen übernehmen. Das kann fatal sein für die eigene seelische Gesundheit. Durch die Beziehung mit dem Gott der Bibel habe ich erkennen dürfen, dass ich (und nicht nur ich) für ihn so unglaublich wertvoll bin, dass er sein Leben für meines gegeben hat.

Auch die Umstände sind wie eine Lotterie. Durch die Coronavirus-Pandemie haben wir erlebt, dass das, was gestern als selbstverständlich galt, es heute nicht mehr ist. Wir sind ausgeliefert und haben viel weniger unter Kontrolle, als wir denken. In der Beziehung mit dem Gott der Bibel habe ich verstanden, dass ich unabhängig von meinen Umständen leben kann, da ich in einer viel größeren Realität lebe als der irdischen. Selbst Leid und Schwierigkeiten haben sich relativiert. Ich muss nicht mehr hier das perfekte Leben finden im Sinne von guten Umständen, Gesundheit, guter Arbeit, toller Familie, genügend Geld, Selbstverwirklichung, weil mein Leben nicht mit dem leiblichen Tod endet, sondern mit dem Tod übergehen wird vom Glauben ins Schauen: in das Angesicht Gottes.

Das heißt nicht, dass ich nicht alles von Herzen genieße, was ich hier erleben darf. Ich habe das Vorrecht, seit 28 Jahren eine gute und wachsende Beziehung mit meinem Mann Andreas haben zu dürfen, der ebenfalls im Januar 1991 zum Herrn Jesus umgekehrt ist. Ich arbeite mit ihm im Familienbetrieb, eine Arbeit, die mir gut gefällt. Ich mag gerne gutes Essen und Trinken, was in Italien leicht zu finden ist. Ich bin gereist und habe dadurch einige bereichernde und abenteuerliche Erfahrungen dazugewonnen. Ich habe Freunde und Glaubensgeschwister, durch die ich Stärkung erfahre, mit denen ich beten kann, von denen ich lernen und mit denen ich mich an Gott erfreuen kann. All diese guten Dinge bekommen mit Gott eine andere Dimension. Man kann ihm dafür danken und genießt alles nicht unabhängig von ihm, sondern mit ihm.

Das heißt auch nicht, dass ich keine Schwierigkeiten oder Probleme mehr habe, aber ich sehe, dass jede Schwierigkeit und jeder schwere Moment im Zusammenhang mit Gott einen Sinn ergibt, zu etwas führt, etwas bewirkt, weil Gott in alledem anwesend ist.

Im Römerbrief schreibt Paulus: »*Wir wissen aber, dass denen, die Gott lieben, alle Dinge zum Guten mitwirken* ...« (8, 28; NT; ELB)

Gott ist es, der alles in meinem Leben hier zulässt oder verhindert, und er weiß warum, und ich weiß, dass er keine Fehler macht und nichts tut, was mir schaden könnte.

Was heißt es nun, frei zu sein von der Macht des Bösen? Wir haben einen großen Durst nach Leben, der uns immer wieder dazu bringt, diesen befriedigen zu wollen. Wenn dies unabhängig von Gott geschieht, birgt es die Gefahr, uns selbst oder anderen zu schaden, da wir diese Befriedigung in den falschen Dingen suchen oder in der falschen Art und Weise ausüben, auch wenn es uns nicht bewusst ist. Dinge wie die Suche nach neuen Liebesbeziehungen, das Anhäufen von Gütern, der Missbrauch von Alkohol oder Drogen, der Kick im Extremsport haben Beziehungen ruiniert, Menschen in Abhängigkeit gebracht oder gar Menschenleben gefordert. Das ist die Macht des Bösen, wenn wir uns selbst oder anderen Schlechtes zufügen, um eine Zeit lang befriedigt zu werden.

Nur Gott kann unseren Durst stillen. Unabhängig von ihm werden wir erleben, dass unser Durst nach Leben nicht gestillt wird, sondern immer mehr von uns fordert.

Als ich Gott gefunden und angenommen hatte, wurde mein Durst gestillt. Meine Suche war beendet, ich war und bin angekommen und wachse Jahr für Jahr in dieser einzigartigen Beziehung zum wahren und lebendigen Gott. Auch wenn ich Mangelerscheinungen habe, Sehnsüchte nach diesem oder jenem oder Einsamkeit verspüre, dann bringt mein Hinwenden zu Gott, mein Reden mit ihm mein Herz immer wieder zur Ruhe. Ich muss nichts mehr tun, was mir oder meinen Mitmenschen Schmerzen zufügen könnte, um Befriedigung zu finden.

Nicht mein Mann oder Freunde müssen allem entsprechen, was ich brauche, ich muss sozusagen niemanden gebrauchen, denn Gott ist es, der gibt, was ich brauche, auch wenn es nicht immer meinen Vorstellungen und Wünschen entspricht. Genau das ist das Böse, wenn ich Menschen benütze oder Dinge missbrauche, um Befriedigung zu finden. Durch Gott, durch sein Wort habe ich das verstanden. Er hat mich insofern von meinem Egoismus befreit, aber meine Sehnsüchte gestillt. Ich bin nun frei, das Gute zu wählen und zu tun mit Gottes Hilfe.

Deshalb ist mein Herz voll Dankbarkeit meinem Gott gegenüber, für alles, was er für mich getan hat, täglich tut und in Zukunft tun wird. Ihm sei die Ehre für alles!

Hier komme ich nun zum Schluss meiner Ausführungen. Diese Zeilen sind mein Vermächtnis für alle, die es lesen und es sich zu Herzen nehmen wollen.

Mein tiefstes Anliegen ist, was Paulus im 2. Brief an die Korinther schreibt: »*So sind wir nun Botschafter für Christus, und zwar so, dass Gott selbst durch uns ermahnt;*

so bitten wir nun stellvertretend für Christus: Lasst euch versöhnen mit Gott! Denn er hat den, der von keiner Sünde wusste, für uns zur Sünde gemacht, damit wir in ihm zur Gerechtigkeit Gottes würden.« (5,20-21; NT; SCH2000)

Nachwort

Dem Leser ist sicher aufgefallen, dass ich viele Bibelverse zitiert habe. Es war mir ein Anliegen, deutlich zu machen, dass das, was ich glaube, nicht meine persönliche Meinung ist, sondern den Ursprung in dem Buch hat, das mir heute das Kostbarste ist, der Bibel.

Meine Lebensgeschichte ist ohne die Bibel nicht mehr denkbar. Meine große Wende habe ich dem Inhalt dieses Buches zu verdanken, besser gesagt, dessen Urheber. Seit dreißig Jahren ist es mein Begleiter, Helfer, Tröster und Lehrmeister. Dessen Worte ernähren, erfreuen und korrigieren mich. Es ist durchdrungen vom Herzen des liebenden Vaters, der auch mein himmlischer Vater geworden ist. So ist es naheliegend, dass ich die Bibel auch dem Leser ans Herz drücken möchte.

Immer wieder werde ich mit der Aussage konfrontiert, man wisse nicht, wo anfangen zu lesen, oder man tue sich schwer, den Inhalt zu verstehen. Ich gebe immer den Tipp, im Neuen Testament anzufangen und das, was man nicht versteht, einfach einmal stehen zu lassen. Es braucht eine gewisse Zeit, um hineinzukommen und die Zusammenhänge zu erfassen. Es gibt auch gute Bücher, die helfen, einen Anfang zu machen, einzusteigen in diese Bibliothek der Bibel, wie zum Beispiel die Bücher »Unterwegs mit Markus« oder »Unterwegs mit Johannes« von Günter Neumayer (CLV-Verlag). Es gibt auch die Möglichkeit, Bibelkurse zu bestellen, wie zum Beispiel unter *www.emmauskurse.org.*

Wenn dieses Buch in Ihnen, lieber Leser, den Wunsch geweckt hat, diesen wunderbaren Gott kennenlernen zu wollen, dann gehen Sie es an. Beginnen Sie einfach seinen Liebesbrief an die Menschen zu lesen und bitten Sie ihn, sich Ihnen zu offenbaren.

Wenn Sie mehr wissen möchten über das, was ich erlebt und gelernt habe, können Sie mir auch gerne schreiben an die Adresse *maybritt.c@gmail.com.*

Danksagung

Es gibt keinen Zweifel: Es gibt niemanden, der ein Buch auf die Beine stellen kann ohne die Hilfe, das Mitdenken, das Begleiten, das Stärken und das Korrigieren anderer Menschen. Das gilt auch für diese Zeilen. Mein größter Dank geht an meinen lieben Mann Andreas. Seine Ermutigung und seine erbauliche Kritik waren mir wertvolle Begleiter vom Anfang bis zum Ende. Danken möchte ich auch Werner Wieser für seine wichtigen inhaltlichen Korrekturen, Yvonne Frenademez, die durch ihr professionelles Eingreifen dem Text den nötigen Schliff gegeben hat, Eva Wenzl für ihre unbezahlbaren Ratschläge, Martina Daprà für ihre moralische Unterstützung während dieses Abenteuers, dem Team von BoD, speziell Daniela Rode für ihre liebevolle Begleitung, und all jenen, die sich die Mühe gemacht haben, das Skript durchzulesen und ihr Feedback zu geben.

Notizen:

* Erklärung zu den Angaben der Bibelstellen:

Die Bibel, was so viel wie »Bücher« bedeutet, besteht insgesamt aus 66 Büchern.

Man unterscheidet zwei Hauptteile, das Alte und das Neue Testament. Die Bücher des Alten Testaments behandeln die Zeit vor der Geburt Jesu, die des Neuen Testaments jene ab der Geburt Jesu. Das Alte Testament besteht aus 39 Schriften, das Neue aus 27.

Das Alte Testament wurde ursprünglich in Hebräisch und mit einzelnen Teilen in Aramäisch, das Neue Testament in Griechisch (Koine, das Griechisch, das zur Zeit Jesu benützt wurde) verfasst.

Die einzelnen Bücher der Bibel wurden in einem zweiten Moment zur leichteren Auffindung der Bibelverse in Kapitel und Verse unterteilt. In den meisten Übersetzungen finden Sie auch Sinnabschnitte, die mit Überschriften versehen sind.

Die Bibel wurde nicht nur in sehr viele Sprachen übersetzt. Es gibt für einzelne Sprachen sogar mehrere Bibelübersetzungen. Für die deutsche Sprache gibt es welche, die sich sehr genau an den Urtext halten, wie z. B. die Elberfelder Bibel oder Übersetzungen, die auch genau sind, aber eine einfachere Sprache zum besseren Verständnis gewählt haben wie die neue evangelistische Übersetzung.

Nach jedem zitierten Bibelabschnitt in diesem Text finden Sie eine in Klammern gesetzte Bezeichnung.

Die Angabe »(Brief an die Römer, 1,20; NT; ELB)« meint also, dass Sie diese Bibelstelle im zweiten Teil der Bibel, im Neuen Testament, finden, im Brief an die Römer, im 20. Vers des 1. Kapitels. Die Übersetzung ist in diesem Falle die revidierte Elberfelder Übersetzung.

Verwendete Bibelübersetzungen in diesem Buch:

ELB: revidierte Elberfelder Übersetzung

SCH2000: Schlachter 2000 Übersetzung

NeÜ: neue evangelistische Übersetzung

Über die Autorin

Maybritt Complojer Daprà, geboren 1966, lebt in Südtirol, Italien.

Neben der Mitarbeit im Familienbetrieb ihres Ehemannes beschäftigt sie sich seit über 30 Jahren mit der Bibel. Sie leitete neun Jahre die biblische Unterweisung der 11- bis 14-Jährigen in der örtlichen christlichen Gemeinde. Außerdem hilft sie Erwachsenen, die Inhalte der Bibel zu verstehen und umzusetzen.